綿苗結花（学校）

「わたなえ・ゆうか」

地味で目立たない同級生女子。ついに今回、周りに内緒にしていた事実を伝えることに……!?

「ふふーん♪　お掃除、お掃除ー♪」

【朗報】

俺の許嫁になった地味子、家では可愛いしかない。6

帰省の新幹線で……
「だいじょーぶ。私がちゃんと、
そばにいるよ。だーかーら……
一緒に笑って、挨拶しよ？」

体育倉庫で……
「好きな人をドキドキさせられる、
学校のシチュエーションを勇海に聞いたらね？
体育倉庫で二人っきりになって……」

野々花来夢
〔ののはな・らいむ〕
遊一の中学時代の同級生。
彼女の実家の喫茶店で、
ついに「黒歴史」の
真実が…？

「ねぇ、よかったら一緒にお茶しません？
あなたの話、**もっと聞きたいなーって**」

「私も、遊くんのこと……
世界で一番愛してるからっ!!」

「今年も、来年も、
再来年も――
ずっと遊くんと、
笑顔で一緒に
いられますように……」
綿苗結花（家）
遊一の許嫁。
ついに両家の親類が集まり、
本格的なご挨拶！

【朗報】俺の許嫁になった地味子、家では可愛いしかない。6

氷高 悠

ファンタジア文庫

3248

口絵・本文イラスト　たん旦

c o n t e n t s

第1話　クリスマスプレゼントを許嫁《いいなずけ》に渡した結果、まさかの展開に……

——ホワイトアフタークリスマスから一夜明けた、十二月二十七日。

俺はダイニングテーブルについて、ソファで寝そべっている結花《ゆうか》のことを、ぼんやりと見ていた。

色んなことがあって、ドタバタの中で過ぎ去っていった、我が家のクリスマス。

結花からは『手編みの手袋』をもらったんだけど、俺からプレゼントを渡せるタイミングがなかったから。

代わりに——翌日、雪の降るベランダで。

俺は結花に、一足遅れのクリスマスプレゼントを渡したんだ。

それでテンションが爆上がりした結花は、「メリー、ホワイトアフタークリスマス、だねっ‼」なんて大はしゃぎ。

そんなこんなで、温かな空気に包まれたまま、今年のクリスマスは幕を閉じた。

……はずだったんだけど。

「……ふへへ。温かいなぁ、遊《ゆう》くーん……」

結花は本日も絶賛、ふへふへ中。

俺がプレゼントした『イヤーマフ』を身につけて、たいそうご機嫌そうに脚をぶらぶらさせている。

家の中だってのに、昨日からずっとイヤーマフを外そうとしない結花。ここまで肌身離さずって言葉を体現してる人、初めて見た。

ご飯を食べるときも。トイレに行くときも。寝るときも。

お風呂《ふろ》ではさすがに外してるみたいだけど……上がったらまた、すぐに身につけて。

もはやイヤーマフと共生してると言っても、過言じゃないくらいだ。

「ねぇ、兄さん。結花ちゃん、いつまでアレつけてんの？」

那由《なゆ》が怪訝《けげん》な顔をしながら、ぼやいてくる。

普段は親父《おやじ》と一緒に海外で暮らしている那由は、クリスマスパーティーのために帰国してから数日ほど、我が家でのんびり過ごしてる。

そんな中、義理の姉がイヤーマフに支配されてんだもんな。

そりゃあ気にもなるだろうよ。

「遊にいさん……アレ、なんとかならないでしょうか？」

今度は勇海《いさみ》が、深刻な顔で訴えてきた。

那由と同じく、クリスマスパーティーのために上京してきた勇海も、数日ほど我が家でのんびり過ごしてる。

そんな中、実の姉がイヤーマフに心を奪われてるんだもんな。

そりゃあ心配にもなるだろうよ。

「結花、お風呂以外はずっとアレを身につけてて。どう思いますか？　遊にいさん」

「普通に度が過ぎてると思う」

「つか、さすがに暑いっしょ。ずっとアレつけてたら」

「アレのせいで、結花の顔がいつもより赤い気がする……熱中症？　何かの病気？　ああ、このまま結花の身に何かあったら、僕はどうしたら……」

「兄さん。なんとかアレ、外せないの？　結花ちゃん死ぬよ。マジで」

「お願いです、遊にいさん。アレの魔の手から、結花を助けてください！」

「……いやね？　気持ちは分かるんだけどさ。二人とも、俺があげたプレゼントを呪いの装備みたいに言うの、やめてくれない？」

呪いでイヤーマフが身体《からだ》から外れない！　……とかじゃないんだから。

そんな悪魔のアイテム扱いされると、渡した当人としては、さすがに凹《へこ》む。

とはいえ、相手は結花だ。

このまま放置してたら、マジでしばらくイヤーマフを身につけたまま生活しかねない。

そのときは俺も、解釈違いの『恋する死神』になるわけか……。

「なぁ、結花？」

「ん？　なぁに、遊くん！」

さすがに見過ごせないと思った俺は、結花に声を掛ける。

イヤーマフをぽふぽふ触りながら、屈託のない笑みを浮かべてる結花。

そんな顔をされると切り出しづらいけど……結花の命と、イヤーマフの尊厳が掛かってるんだもんな。

「結花。俺からのプレゼントを、喜んでくれてるのは嬉《うれ》しいんだよ？」

「うんっ！　すっごく嬉しいよ‼　もう一生、離さないもんねーだっ！」

「うん、嬉しいんだけどね？　ただ……さすがにずっと身につけてるのは、身体に悪影響な気がするから。そろそろ外して――」

「きゃあああ⁉　遊くんが！　私から遊くんを、引き離そうとしてるぅぅぅ⁉」

俺が言い終わるよりも先に、意味不明なことをのたまうと。

結花はイヤーマフをギュッと押さえて、俺から距離を取った。

そして、ぷっくり頬を膨らませて。

「やだ」

「一応聞くけど……なんで？」

「だって私は今、ずーっと遊くんとくっついてるんだよ？　なのに、遊くんを私から引き離そうなんて――いくら遊くんでも、許さないもん！」

「…………ああ。ひょっとしてイヤーマフつけすぎて、脳が熱暴走してる？」

「違うよ‼」

割と本気で言ったんだけど、結花は唇を尖《とが》らせて否定してくる。

「だって、このイヤーマフ……ホワイトアフタークリスマスに遊くんがくれた、最高の贈り物なんだよ？　そんなのもう、遊くんの分身みたいなものでしょ？　そして、遊くんの分身だったら――ずーっと身につけてたいに、決まってるじゃんよ！」

「何その三段論法……自分がどれだけ意味の分かんない主張をしてるか、分かってる？」

いつからイヤーマフが、俺の分身だと錯覚してんの結花は？

「結花！　そんなもの、身につけてちゃ駄目だ‼」

俺と結花が言い合ってると、勇海がバッと、結花に向かって飛び掛かった。

だけど結花は、イヤーマフを手で押さえながら、俊敏な動きでそれをかわす。

「何すんの勇海⁉　いくら妹でも、遊くんを引き剝がそうなんて許さないよ！」

「結花……それは遊にいさんじゃない。ただの、化け物だ」

化け物て。

「結花ちゃん、さすがに勇海の言うとおりだし。そんなの、結花ちゃんに悪の心を生ます、汚れた宝だから。マジで」

汚れた宝て。

妹二人による散々な言われように、ちょっと泣きそうになる俺。

そして、二人から厳重注意を受けた結花は——。

「もー‼　遊くんも勇海も、那由ちゃんまで！　私の大切なイヤーマフに、酷《ひど》いことばっかり言ってー‼　もう一生、ぜーったい……離さないもんねーだっ‼」

そんな捨てゼリフとともにリビングを飛び出して、二階に駆け上がると。

結花はバタンッと大きな音を響かせて、おそらく自分の部屋のドアを閉めた。

えっと……何この、バグったイベント？

◆

俺のプレゼントしたイヤーマフを、あまりにも肌身から離そうとしない結花に対して、三人がやいのやいの言った結果。

結花は余計、意固地になって——自室立てこもりという、まさかの強硬手段に打って出てしまった。

なんでこんな展開になったのか、さっぱり分からない。

「まったく……昔っから結花は、強情なんだから」

ソファに座ったまま、勇海が独り言《ご》ちるように言った。

それに反応するように、那由も大きなため息を吐《つ》く。

「つーか、こんな大ごとになるプレゼント、なんで選んだわけ？　兄さん、空気読めし」

「いやいや、ただのイヤーマフだぞ⁉　こんなことになるとか、思わないだろ⁉」

とはいえ、結花が立てこもりをしているのは事実だ。

それに絶対、結花は部屋の中でもイヤーマフをつけてるに違いない。

結花。君はなぜ、イヤーマフに魂を売ったのか……。

「……ま。四の五の言っても、仕方ないし」

思わず頭を抱えたくなる俺の隣で、那由がすっと立ち上がった。

それから、俺の方にちらっと視線を向けると。

「クリスマスは……兄さんにも結花ちゃんにも、迷惑掛けたと思ってるから。ここはあたしが、一肌脱ぐわ。マジ、任せて」


――そして。俺と那由と勇海の三人で、結花の部屋の前まで移動すると。

那由による、結花説得作戦がはじまった。


「結花ちゃん。出てきなって」

「やーだ」

「そんなこと言わないでよ……お義姉《ねえ》ちゃん」

那由が声を落としながら、ドア越しに結花へと言葉を投げかける。

「あたしさ、クリスマスにみんなで過ごせたの、マジで嬉しかったから。父さんのところに帰る前に、結花ちゃんたちと、もっと思い出を作りたいんだよ」

「…………那由ちゃん」

普段はツン成分過多な那由から零《こぼ》れ出た、デレの言霊《ことだま》。

そんな義妹の言葉に揺れたらしい結花は、少しだけドアを開き、こちらを覗《のぞ》いてくる。

「那由ちゃんは……家族でたくさん、楽しいことしたいんだね？」

「うん。結花ちゃんと、もっと話したい。だから出てきてほしいし」

「そっか……分かったよ、那由ちゃん」

結花がそう呟くと同時に、ドアが少しずつ開きはじめた。天の岩戸みたい。

――そんなタイミングで。

「結花ちゃん、隙あり！」

那由はバッと、ドアの隙間に向かって手を伸ばした。

狙うは結花の身につけた、イヤーマフ。

だけど、イヤーマフへの執念のせいか、結花はいつもより機敏に反応して。

那由の手が届く前に……再びバタンッと、ドアを閉めてしまった。

「ちっ。届かなかったし」

「むー！　騙《だま》したね那由ちゃん‼　もうぜーったい、引っ掛かんないんだから！」

ドア越しにぶーぶー言ってる結花。悔しそうに唇を噛《か》んでいる那由。

そんな場面に、すっとカットインしてくる――男装の麗人こと、綿苗《わたなえ》勇海。

「次は僕の番だね。結花の可愛《かわい》い妹の僕が、極上の愛で——必ず説得してみせるよ」

——Ｔａｋｅ２。

勇海による、結花説得作戦がはじまった。

「ふふ、結花。なんだか昔を思い出すね？」

「ふーんだ。勇海の罠《わな》になんか、引っ掛かんないもんねーだっ！」

「あれは結花が小六の頃だったかな？　かくれんぼの途中で——」

「ふーんだ。勇海のばーか」

「……ほら、あったでしょ？　あのとき、僕が言った言葉、結花は覚えてる？」

「つーん。ぷーい」

「…………うぇぇぇぇ、遊にいさーん…………」

あ、泣いた。

まるで勝負にならず。勇海、敢《あ》えなく敗退。

——というわけで、Ｔａｋｅ３。

こんな大ごとになったのは……不本意ながら、俺のプレゼントが発端なので。

俺による、結花説得作戦がはじまった。


「結花。そろそろ出てきなって」

「む……た、たとえ遊くんに説得されても、イヤーマフは渡さないもん！　だってこれは、遊くんにもらった大切な、遊くんの分身――」

「イヤーマフを外したら、代わりに――俺自身が耳当てになる、って言ったら？」

「――――!?　ど、どういうこと!?」

分かりやすく食いついてきた。さすがは俺の許嫁《いいなずけ》。

「結花がイヤーマフを外して出てくるだろ？　そしたら俺は、正面から結花の耳に手を当てて、結花の耳を温める。そう、これが……俺自身が耳当てになるってことだ」

「むぅぅ……むむぅぅぅ……」

分かりやすく唸《うな》り声を上げて、悩みはじめた結花。

強情な割に、めちゃくちゃ単純なんだから。

こういうところが、本当に――俺の愛するゆうなちゃんに、そっくりなんだよな。

「なんだか手が冷えてきたなー。誰かに耳当てしたいんだけどなー」

「うにゅ……うー……むぅー……」

「結花がいらないんなら、他の人に――」

「それは違うよ‼」

俺の棒読み演技に本気で焦《あせ》ったらしく、結花はドアを開けて、廊下に飛び出してきた。

天の岩戸、完全開放。

そして結花はイヤーマフを外すと、もじもじしながら、上目遣いになって。

「……意地っ張りになって、ごめんでした。もうお部屋でイヤーマフしすぎないように、気を付けます。だからね？　……遊くん耳当て、欲しいでーす……」

えっと……そんな真っ正面から、甘えてこないでくれる？

言われたこっちの方が、恥ずかしさで死にそうになるから。


――そして、数分後。

「えへへー。あったかいねー」

向かい合ったまま、俺が結花の両耳に手を当てているという、奇抜な状況の中で。

結花は今にもとろけそうな笑みを浮かべていた。

「さすが遊にいさん。結花の転がし方を、よく分かってますね」

「けっ。見てるこっちが恥ずかしいから、部屋でしっぽりやれし。マジで」

ギャラリーの勇海と那由が、なんか言ってるけど。

結花は聞こえてんだか聞こえてないんだか、にへーっと笑ったまま……俺の手の甲に、そっと自分の手を添えてきた。

「遊くんが一緒にいてくれるから、いつも温かい気持ちでいられるんだぁ。えへへ……ありがとう。大好き、遊くんっ！」


――こんな風に、家ではいつも、天然で無邪気な綿苗結花は。

学校ではお堅いけど、少しずつみんなと仲良くなろうと頑張ってて。

声優としては、ユニットを結成して、今まで以上に努力を続けてて。

どんな顔のときだって、笑顔を絶やすことなく、全力で前に進んでる。

そんな結花が、俺――佐方遊一《さかたゆういち》にとって、かけがえのない存在になってるんだなって。

……しみじみと感じた、年の瀬の午後だった。

第2話　【ツン】いつも毒舌な妹の様子が、なんかおかしいんだけど【デレ】

――クリスマスが終わってから、妹の様子がおかしい。

たとえば一昨日。

「なぁ、那由《なゆ》。今日の夕飯、何がいいかって結花《ゆうか》が――」
「う……うっさい！　兄さんの丸焼きでいいし‼　頭に着火されて、ファイヤーヘッドになれし、マジで！」

たとえば昨日。

「おーい、那由。先に風呂《ふろ》、入ってもいい――」
「あっち行け！　風呂の中に電源の入ったドライヤーをぶち込まれて、名探偵の事件にでもなれし、マジで！」

……………いやまぁ、那由が俺に対して辛辣なのは、前からそうなんだけど。
いくらなんでも、そこまで言う？　って返答が多いんだよな。ここ数日。

しかもなんか、目が合ったら「けけーっ！」と、アマゾンあたりの獣みたいな声を上げて走り去ってくし。

いつもの那由をツン百パーセントとしたら、今は百パーセント中の百パーセント。フルパワー那由だ。

——その一方で。

「那由ちゃん、見て見てー！　この番組で紹介してるお洋服、すっごく可愛いねっ‼」

「……結花ちゃんの方が、可愛いし」

「うにゃ⁉　急にぴっとりくっついてきて……もー、那由ちゃんってば可愛いなぁ！」

「な、那由ちゃん？　ちょ、ちょっと自重しようか？　結花だってそんなにベタベタされたら迷惑だと、僕は思うよ⁉」

「やだ。結花ちゃんから、離れねーし」

「かわっ……‼　ふへへ……那由ちゃん、もっとくっついててぃーよ！　もぉ。勇海《いさみ》はそういう意地悪、言わないのっ」

「ぐぅぅぅ……っ‼」

結花に対しては、いまだかつてないほどのデレムーブなんだよな。

おかげで勇海のライフは、ガリガリ削られてるけど。

「……なんだかなぁ」

そんな那由の様子を見て、俺は誰にともなく呟《つぶや》いた。

クリスマスは昔から、佐方《さかた》家にとって大切な行事だった。

小学生だった那由が友達関係で傷ついて、学校に行けなくなったり。

親父《おやじ》と離婚した母さんが、家を出ていったり。

来夢《らいむ》にフラれた俺がクラス中に噂《うわさ》をばら撒《ま》かれて、三次元限定で女性不信になったり。

――色んな寂しい出来事があった。

そんな我が家だからこそ、クリスマスだけは絶対に、家族で祝おうって決めていた。

だけど今年のクリスマスは、俺と結花の邪魔をしたくないって思った那由が、一人で我慢しようとして――ちょっとした騒動になった。

でも。そのおかげで、俺と那由は本音をぶつけ合うことができて。

最終的には、これまでの人生で最も温かいクリスマスにすることが、できたんだ。

…………だってのに。

「結花ちゃん。ぎゅっ、だし」

「きゃー！　可愛いー‼　えへへ……那由ちゃん。お義姉《ねえ》ちゃんの、ぎゅーですよー‼」

「いぃいぃ……結花の実の妹は僕なのに……‼」

「なぁ、那由。そんなに結花を独占してないで、少しは俺とも──」

「う、うっさい！　兄さんはどっか行けし‼　そのまま大気圏まで行って、流星になって海のど真ん中にでも落下しろし、マジで‼」


ったく……クリスマスにはあんなに泣いたり、しおらしかったりしたくせに。

思春期真っ盛りの妹の気持ちは、分かんないな。本当に。

◆

そんな感じで、クリスマスから数日ほど、四人でのんびりと過ごしてたんだけど。

もうすぐ年越しの時期ってこともあり、明日の昼には那由も勇海もこちらを発《た》つ予定になっている。


「……あれ？　結花？」

那由のことで、もやっとした気持ちのまま寝入った俺は——眠りが浅かったのか、夜中に目が覚めてしまった。

だけど、隣で寝ていたはずの結花の姿がない。

なんだろう……勇海が実家に帰っちゃう前に、二人で話し込んでるとか？

面倒な絡《から》みをしてくる勇海に、いつも怒ってる結花だけど、なんだかんだ言っても実の姉妹だしな。積もる話でもあるのかもしれない。

まぁいいや。俺は水でも飲んだら、寝直そうっと。

——そんな感じで、廊下に出ると。

那由の部屋の方から、女子三人の話し声が聞こえてきた。

「……なんで那由の部屋？」

よくないことだとは分かってるんだけど、つい聞き耳を立ててしまう俺。

「——はぁ。あたし、マジ馬鹿だよね」

「そんなに思い悩むくらいなら、素直に甘えればよかったのに。ふふ……まったく那由ちゃんは、素直になれない可愛《かわい》い子猫ちゃんだね？」

「勇海には言われたくないんだけど。あんたこそ、イケメン気取って結花ちゃんに甘えられてないっしょ」

「……うぅぅ」

「はいはい、勇海よしよーし。ちゃんと勇海のことも、大事に思ってるからね？」

那由に言い負かされた勇海に、優しく声を掛ける結花。

そして結花が、穏やかな口調で言う。

「つまり那由ちゃんは、クリスマスのときに、遊《ゆう》くんと本音で話せて嬉《うれ》しかったんだよね？　だから帰る前に、遊くんに甘えたいって思ってる」

「……うん。でも、そういうの恥ずかしいから、これまで兄さんにツンツン接してたわけだし。今さらどんな顔したらいいのか、分かんないっていうか……」

「そうやって迷った結果、ここ数日はいつも以上にツンツンしてたんだね。あははっ、那由ちゃんらしくて可愛いじゃない？」

「うっせ」

――ああ、そういうことだったのか。

やたらとフルパワーのツンをぶつけてくるから、俺のメンタルを根こそぎ削ろうって魂胆なのかと思ってたけど。

那由の奴《やつ》……相変わらず、素直じゃないな。

「うん！　大体分かったよ‼」

廊下で棒立ちになったまま、俺が感傷に耽《ふけ》っていると。

那由の部屋の中から、結花の張り切った声が聞こえてきた。

「ここは私たちに任せて、那由ちゃん！　いつも私と遊くんのことを応援してくれてる那由ちゃんだもん……寂しい気持ちのまま、帰ってほしくないから。だから——那由ちゃんが遊くんに甘えられるように。お義姉《ねえ》ちゃんたちが、一肌脱ぐからねっ‼」

義理の妹の悩み事にも一生懸命な結花。

そんなところが、結花のいいところなんだって、そうは思うんだけど。


なんだろう……嫌な予感しかしない。

◆

そんな、夜中のガールズトークを聞いてしまった翌日の朝。

俺はおそるおそる、リビングのドアを開けて、冷蔵庫のお茶を取りに行こうとする。

「おはよう。佐方くん」

そこに待ち構えていたのは、綿苗《わたなえ》結花。

ポニーテールに結った長い黒髪。制服のブレザー。

そして眼鏡を掛けて、つり目っぽくなった眼差《まなざ》し。

そう――完全なる学校仕様の綿苗結花が、目の前にいる。

「……えっと。なんで学校モードになってんの結花？　休日の家だってのに」

「これから特別授業だからよ。佐方くん、早く席に着いて。他の生徒は、とっくに着席しているわよ」

「他の生徒って……ぶっ⁉」

頭に疑問符が浮かぶ中、ダイニングテーブルの方に視線を向けたところで、俺は思いっきり噴き出してしまった。

なぜか配置を換えて、ダイニングテーブルに対して、三つの席が横並びになっていて。

そこに、なんか知らないけど、二人の学生が着席している。

………マジで何これ？

「やあ、おはよう遊一《ゆういち》くん。ふふ……そんな寝ぼけた顔をしていたら、可愛い女子たちに呆《あき》れられてしまうよ？」

そのうちの一人が、俺の方を振り返って、爽やかに笑い掛けてきた。

いやいや。呆れるのはこっちの方だと思うんだけど？

長い黒髪を、首の後ろで一本に結って。青いコンタクトレンズを入れて。

どこで調達したのか分からない、詰め襟の学ランで男装しているのは――義理の妹・綿苗勇海だった。

「分かったでしょう、佐方くん？　今この場所は、家ではなく――学校だということが」

「何も分かんないよ……今日はどういうシチュエーションコントなの？」

「あははっ、コントだなんてとんでもない。これは、そう――愛の特別授業ですよ」

常軌を逸した展開を、当たり前みたいに語る綿苗姉妹。

やっぱり君たち、似たもの姉妹だよね。本当に。

「さぁ、佐方くんの席はそこよ。授業をはじめたいから――早く座って」

「結花は先生役なの？　制服姿なのに？」

ツッコミどころしかないけど、もうこうなったら乗るしかない。

……というわけで。

教卓に見立てているらしいダイニングテーブルのところに、結花が立ち。

俺は三つ並んだ席の真ん中に、おそるおそる座った。

右側には学ランを着て、爽やかな笑みを浮かべている勇海。

そして、左側には――。

「……お前まで何やってんだよ、那由」

「……じゅ、授業中だよ。静かにしないと……」

昨日までのフルパワーツンな言動はどこへやら。

しおらしくそう答えたのは——我が妹・那由だった。

水色を基調としたセーラー服。膝上丈のミニスカート。白のニーハイソックス。

しかも、クリスマスのときに使っていた黒髪ロングのウィッグをかぶって、前髪と両サイドがパッツンという姫カット仕様になっている。

あまりにも普段と違う格好の那由に……俺は動揺を隠しきれない。

「それでは、授業をはじめるわよ。佐方くん、勇海くん、那由さん」

そんな俺を置いてけぼりにして、学校モードの結花は無表情のまま、淡々とした口調で話しはじめる。

「今日の授業は『愛』がテーマよ。それでは、まずは勇海くん。勇海くんの愛を語ってちょうだい」

「はい、結花先生。僕は結花先生を——愛しています。僕より年上だけど、抜けているところがたくさんあって、僕が面倒をみなきゃって思わせる……年齢にそぐわない、幼い可愛さ。僕はそんなあなたを、ふふっ——愛しているんですよ？」

「勇海くん、廊下に立ってなさい」

無慈悲だった。

マジで勇海を廊下に追い出してから――結花は再び、ダイニングテーブルならぬ教卓のところに戻る。

「それでは気を取り直して……那由さん」

「は、はい……」

結花に指名された那由は、ガタッと立ち上がった。ふわっと揺れる長い黒髪。

「じゃあ、那由さん。用意してきた手紙を見ながらでいいから――あなたの抱いている愛を、語って」

「那由ちゃーん！　頑張れー‼」

廊下からなんか、ガヤの声が聞こえてきた。

なんとも言えない空気の中で、那由はごそごそとポケットから手紙を取り出す。

そして、すぅっと息を吸い込むと。

那由は手紙を――読みはじめた。

「かっこよくて、優しくて。とても素敵な、世界でただ一人の兄さん。これは――兄さんのことが大好きな、あたしからの手紙です」

「待って待って⁉　那由、自分がどんだけ恥ずかしい文章読んでるか分かってる⁉」

聞いてるこっちが顔から火が出そうな、砂糖まみれの甘々な文面。

だけど那由は、ぷるぷる肩を震わせながら、手紙を読み続ける。

「ちっちゃい頃から、兄さんはいつだってあたしのことを、支えてくれたよね？　あたしが泣いてたら、いっぱい話を聞いてくれて。笑顔になるまで、励ましてくれて。優しすぎる兄さんのせいで……あたしの男子へのハードルは、すっごく高くなったんだよ？」

「ひぃぃぃぃぃ⁉　むず痒《がゆ》い、むず痒い！　結花、なんの嫌がらせなのこれ⁉」

「……先生はね。那由さんがあなたに甘えられるチャンスを、作りたかったの」

これ、甘えるとかそういう次元の話なの？

糖分がえげつなすぎて、失神しそうなんだけど。

「昨日まで、恥ずかしくって、ツンツンしちゃってごめんね？　いつもの格好だと、照れくさくって言えないから……昔みたいな格好になって、ちゃんと気持ちを伝えるね？　兄さん……しゅ、しゅ、しゅき」

「噛《か》むな、噛むな⁉　そこは絶対、噛んじゃ駄目なとこだから那由‼」

「いいのよ那由さん。好きより、しゅきの方が、気持ちは伝わるはず」

「そ、そうなんだ……しゅ、しゅ、しゅき。兄さん、だいしゅき……」

どんな助言だよ。真面目な顔して何を言ってんだ、この許嫁《いいなずけ》は。

だけど、このままじゃまずい……俺たち兄妹《きょうだい》の脳が、ガチでぶっ壊れてしまう。

そう判断した俺は――那由のウィッグを、バッと引き剝がした。

「あ……あぅ……」

いつものショートヘアに戻った那由は、わなわなと口元を震わせはじめる。

そして、高熱でもあるんじゃないかってほど、頰が真っ赤に染まってきて。

目尻に涙を滲《にじ》ませて――。

「ウ、ウィッグを取るなし！　兄さんの変態、ばかああああああ‼」


――めっちゃくちゃに、那由から罵倒された後。

普段どおりの格好に戻った三人と俺は、リビングのソファのところに集まっていた。

「結花。何か俺に、言うことはない？」

「えへへっ。那由ちゃんが遊くんに甘えることができて、やった甲斐《かい》がありましたっ！」

無邪気に笑う結花の頰を摘まんで、引っ張ってやる。

うにょーんとなった顔で、ようやく結花は「ひょへんなはーい」と謝ってきた。

妹から糖分過多なセリフを言われた、こっちの身にもなってよ……本当に。

思わずため息を漏らす俺を見て、勇海が「あははっ」と愉快そうに笑った。

「でもさ、那由ちゃん。海外に帰る前に、ちゃんと気持ちを伝えられてよかったじゃない？　遊にいさんを堪《たま》らないくらい愛している気持ちは、十分届いたと思――」

「うっせ、マジでっ‼」

言い終わるよりも先に、那由は勢いよく勇海の足を踏んだ。

悲鳴を上げながらしゃがみ込んだ勇海を尻目に、那由はソファから立ち上がると。

今にも噛みつきそうな顔で――俺のことを、真正面から睨《にら》みつけてきた。

「か、勘違いしないでよ兄さん！　あたしは！　べ、別に‼　兄さんのこととか、これっぽっちも、好きじゃねーし‼」

「……さっき、兄さんしゅきって言わなかった？」

「うっせ‼　けっ！　けっ‼」

正論で返したら、めちゃくちゃ不気で俺の足を踏んできやがった。

本当に、こいつときたら。理不尽で、横暴で、素直じゃなくって。

……可愛《かわい》い妹だよ。まったく。

第3話　新年の挨拶のパターン、無限にある説

那由《なゆ》が親父《おやじ》のいる海外に、勇海《いさみ》が綿苗《わたなえ》家に、それぞれ帰った数日後。

俺と結花《ゆうか》はリビングでごろごろしながら、ＴＶを観《み》ていた。

「あ、遊《ゆう》くん！　はじまったよ‼」

スタートしたのは、『今年最後のアニソンランキング』という生放送番組。

二人でまったりできるよう、テーブルにはミカンやお菓子が、ずらっと並んでいる。

――歌番組を観ながら、日付が変わるまで、だらだら過ごす。

自堕落きわまりない時間の使い方だけど、今日くらいはいいかなって思う。

だって今日は――大晦日《おおみそか》なんだもの。

「わっ！　見て見て、いきなりキャラソンだよ‼　一般向けに遠慮したアニソンランキングじゃないね、これ」

「しかも確かこれ、女性向けアニメに出てくる、男性アイドルユニットでしょ？　演歌をメインに歌ってる、奇抜なユニットとして有名な」

「あれ？　今度は懐《なつ》メロだ……十年前くらいのアニメじゃなかったっけ、これ？」

「今年リメイクしたんだよ。十年前のアニメ版はオリジナル展開が多かったから、今回は原作を忠実に再現してるって、ネットで見た」

「そっか。確かに、歌ってる人が違うねっ！　なるほど、リメイク版の主題歌なんだー」

「だけどこう来ると、もうランキング読めないな……」

「あ！　今度は『五分割された許嫁』の、三女キャラソンじゃん‼　二人でカラオケに行ったとき、熱唱してたよね遊くん」

「歌った歌った。これ、ジャケットカバーも神なんだよね。ヘッドフォンをしたまま、首を傾《かし》げて恥ずかしそうに舌を出してるイラスト……控えめに言って可愛さの極みだった」

「――‼　こ、こんな感じだよねっ⁉」

言うが早いか、クリスマスに俺がプレゼントしたイヤーマフを装着すると、結花は立ち上がって首を傾げた。

そしてべーっと舌を出して、俺が挙げたキャラライラストを再現する結花。

「……なんでイヤーマフ、リビングに持ってきてんの？」

「ふふふ……まったり年越しするのに、色んなアイテムを持ってきたんだー」

得意げに胸を張ると、結花はソファの横に置いてた袋から、ごそごそと様々なものを取り出しはじめた。

和泉《いずみ》ゆうなのとき用のウィッグ。

パーティー用のクラッカー。

仮面ランナーボイスの武器、声霊銃《せいれいじゅう》『トーキングブレイカー』のおもちゃ。

ネコ耳&もふもふショートパンツ（尻尾付き）。

スクール水着。

「………結花は一体、年越しに何をする気なの？」

「遊くんと、まったり楽しく過ごすの！」

年越しスク水とか、まったりできるわけないでしょ。普通に考えて。

違う意味で盛り上がっちゃう系のやつだから、取りあえずスク水とかネコ耳とか、早く片付けてほしい。

「えへへー……ゆーうくんっ♪」

そんなことを考えていると、結花が俺の肩に――こつんと、頭を預けてきた。

寄り掛かった拍子に、部屋着の水色ワンピースの肩紐《かたひも》がずり落ちて、結花のすべすべとした右肩が露《あら》わになる。

「もうすぐ今年も終わっちゃうけど。さてさて遊くんは、私と過ごしたこの九か月、どうでしたかー？」

「どうって……楽しかったよ。色んなことがあって、退屈しなかったな。結花は？」

「……幸せだったに、決まってるじゃんよ」

白く艶《つや》やかな右肩を露出させたまま、上目遣いに俺の方を見て。

結花は、くすぐったそうに微笑《ほほえ》んだ。

「これまでの人生で、一番幸せな年だったよ。だって、遊くんに出逢《であ》えたんだもん」

「う、うん……」

「あ、でもね！」

俺が気恥ずかしさから答えに窮していたら、結花がパッと声を上げた。

そして、両手を大きく広げて。

弾《はじ》けるような笑顔で、言ったんだ。

「来年、再来年って……これからは毎年、ベスト幸せイヤーが更新されていく予定だよっ！　だって遊くんと、一緒なんだもん。楽しくって幸せなことが、これからいっぱい、いーっぱい！　あるに決まってるもんねっ‼」

――中三の年越しは、ゆうなちゃんと出逢って、来夢《らいむ》との一件から立ち直った直後だったから。親父と那由がＴＶを観てる中、『アリステ』のガチャを回してたっけな。

――高一の年越しは、『アリステ』のガチャを回しながら、一人年越しをしたっけな。

だけど今年は……隣で結花が、楽しそうに笑ってる。

学校ではコミュニケーションが苦手な、クラスメートで。

声優として、俺の愛する『アリステ』のゆうなちゃんを演じてる、和泉ゆうなで。

そして家では天然で無邪気な、俺の許嫁。

万華鏡《まんげきょう》みたいに色んな顔を見せるけど、どれも素敵に輝いてる……そんな結花がそばで笑ってくれてるから。

今年の年越しは二人で一緒に、温かな気持ちで新年を迎えたいなって、思うんだ。

だから。ゆうなちゃんには申し訳ないけど。

『アリステ』のガチャを回すのは――年が明けてからにしよう。

◆

三時間にも及ぶ『今年最後のアニソンランキング』の放送が終わって。

今年も残すところ、あと五分を切った。

「じー……」

時計を睨むように、じーっと見つめてる結花。

お互いに無言なもんだから、カチッカチッと、秒針が進んでいく音だけがリビングに響いている。

そして――カチッと長針が、十二の位置に動いて。

新しい年が、はじまりを告げた。


「明けまして大好きっ！　今年もよろしく大好きです、遊くんっ‼」


秒単位もズレない勢いで、結花が新年の挨拶をしてきた。

新年の挨拶って呼んでいいのか分かんない、かなり斬新な文言だったけど。

「明けましておめでとう、結花。去年みたいに、色んなことがあるんだろうなって思うけど。今年もよろしくね」

「うんっ！　よろしくですっ‼　ふへへ……今年の初会話は、遊くんだぁ。こんなのもう、絶対最高の一年になるじゃんよぉ」

「初夢じゃないんだから……って結花、スマホが振動してるけど」

「あ、ほんとだ――わっ！　桃《もも》ちゃんから電話だー‼」

結花は嬉《うれ》しそうにそう言うと、ＲＩＮＥ電話をスピーカー設定にした。

相手は結花の一番の友達――見た目は陽キャなギャル、中身は特撮ガチ勢でおなじみの、二原桃乃《にはらもも の》だ。

『あけおめことよろ、結《ゆう》ちゃん！　あと佐方《さかた》も‼』

「うん、桃ちゃん！　明けましておめでとう‼　今年も仲良しでいてね？」

『なーに当たり前のこと言ってんのさ。うちが結ちゃんと仲良しじゃなくなるとか、悪の組織に世界征服されても、ありえないっての』

「えへへー。桃ちゃん、大好きっ！」

『うちもー‼　あ、ちなみに佐方。今年も第二夫人として頑張るんで、よろしくね？』

「完全に余計な一言だな⁉　そういうよろしくはいいから！」

二原さんとの電話が終わると、間髪をいれずに次のＲＩＮＥ電話がかかってきた。

相手は『60Ｐプロダクション』で働く、和泉ゆうなのマネージャー・鉢川久留実《はちかわくるみ》さん。

「久留実さん、明けましておめでとうございますっ！」

『ゆうな、ハッピーニューイヤー‼　ねぇねぇ、どんなイチャイチャで年越しをしたのさぁあ。ゆーいちくんとぉぉぉ……』

「新年早々、なに結花にウザ絡《がら》みしてんですか⁉　っていうか絶対、お酒呑《の》んでるでしょ鉢川さん‼」

『よってないですー、お酒つよいですー。いいじゃん、おしえてよぉぉ。ひとり身のわたしに、いちゃらぶエピソードをさぁぁ……』

結花に許可を取る前に、俺が問答無用で電話をぶった切った。

仕事中はしっかり者な感じなのに、オフのときは女子大生みたいなノリになるんだから鉢川さんは。

酔いが醒《さ》めたらきっと、一人で絶望するんだろうな……。

「──わっ⁉　ゆ、遊くん！　今度はらんむ先輩から、かかってきた‼」

スマホを片手にわたわたとしてから。

結花はおそるおそる、電話に出た。

「あ、明けましておめでとうございます！　らんむ先輩‼」

『明けましておめでとう、ゆうな。新たな年を飛躍の一年にするために──私はさらなる研鑽《けんさん》をするつもりよ。ゆうなは今年を、どんな一年にするつもりなのかしら？』

年の初めから、圧が強いな⁉

悪気はないんだろうし、キャラどおりではあるんだけど……新年一発目の電話としては、パンチが効きすぎてる。

さすがは紫ノ宮《しのみや》らんむ。

『アリステ』人気投票六位――『六番目のアリス』らんむちゃんを演じる、めちゃくちゃ尖《とが》った実力派声優なだけはある。

――と。結花が紫ノ宮らんむと、新年初問答を繰り返してるタイミングで。

俺の方にも、ＲＩＮＥ電話がかかってきた。

相手は俺の悪友――マサこと倉井雅春《くらいまさはる》。

同じく『アリステ』を愛する同志だ。

『よぉ、遊一《ゆういち》……ガチャの調子はどうだよ？　新年初ＵＲは引けたか……？』

普通「明けましておめでとう」から入んない？

さすがというか、年が明けても相変わらずだな、マサは。

「新年早々、なんつー疲れきった声してんだよマサ。悪いけど俺、今年は『アリステ』年越し、してないんだよ」

『なん……だと……？』

なんかめちゃくちゃ緊迫した声を出してきやがった。

そこまでの事態じゃねーだろ。大げさにもほどが――。

『分かったぞ、遊一。前に一緒にいた、三次元の彼女と年越ししてんだろ?』

「…………うん?」

『さすがに誤魔化せねーぞ。クリスマスに美少女と並んで歩いといて、彼女じゃねぇとか、言わせないからな?』

――ああ。そうだった。

クリスマス当日、家を飛び出した那由を捜しに、俺と結花が街を駆け回ってたとき。

本当に偶然、マサと鉢合わせしたんだよな。

あのときはドタバタしてて、なんとなくやり過ごしたけど……忘れるわけないよな、そりゃあ。クリスマスに悪友が女子と二人っきり、なんて現場を見たら。

『ま、今日のところは、これ以上は追及しねぇよ。だけどな? 水くさいことしねーで、そのうちちゃんと説明しろよ?』

「――ああ。そう、だよな……分かった、約束するよ」

そんな言葉を交わしてから、電話を終える。

水くさい……か。確かにマサの言うとおりだな。

これまでずっと、マサに結花とのいきさつを伝えるのを、後回しにしてきたけど。
さすがにそろそろ——潮時なのかもな。

◆

「明けましておめでとう、那由」

『時差を考えろし。まだこっちは新年じゃないっての。フライングニューイヤーもいいとこだわ、マジで』

せっかく電話をかけたら、この言いざま。さすがは我が愚妹。

親父《おやじ》に至っては、年越し前に寝落ちてるらしく、電話も繋《つな》がりゃしなかった。

まったくもって、相変わらずな佐方家。

そんな中で、唯一変わったのは——。

『……でも。電話ありがと。今年もよろしく、兄さん』

ちょっとだけ那由が、素直になったこと——かな。

「明けましておめでと、勇海！　……うん、そうそう。遊くんにもＯＫもらってるから、明日の昼に、こっちを出発予定だよー」

那由との通話を終えると、結花が勇海と話してる声が聞こえてきた。

「はーい。じゃあ、お父さんとお母さんにも伝えといてね。ばいばーい！」

笑顔のままそう言って、結花の方も電話を切った。

そして、俺の方にくるっと振り返って。

「それじゃあ遊くん……明日はどうぞ、よろしくね？」


そう——クリスマスの後に、結花と決めたんだよな。

今年の正月は、結花と二人で……綿苗家に挨拶に行くって。

緊張しないのかって言われたら、そりゃあまぁ、めちゃくちゃ緊張してるよ？

許嫁《いいなずけ》の両親に会うってのに、緊張しない男がいるなら、そっちの方がどうかしてる。

だけど……まぁ。うちの場合は、親同士が勝手に結婚を決めてきたわけだし。

反対されることがないってところだけは、ありがたいんだけどね。

時計を見ると、いつの間にか時刻は一時近く。

寝不足で許嫁の実家に行くわけにもいかないし——そろそろ寝るとするか。

第４話　初詣に行くとき、一番ご利益《りやく》がある振る舞い方を教えてくれ

年越しを楽しく過ごした後、遅めの睡眠を取って。

元日の昼過ぎになってから、俺と結花《ゆうか》は——新幹線に乗った。

「えへへー、遊《ゆう》くーん！　明けましておめでとー‼」

「うん。明けましておめでとう、結花」

「……ふへへー。明けましておめでとう、明けましておめでとう！」

「はいはい。おめでとう、結花」

「わーたーしーはー、宇宙人だー。あーけーまーしーて、おーめーでーとーうー」

「……えっと。そんなに新年の挨拶のおかわりされても、困るんだけど」

新しい年に盛り上がってるのか、二人で新幹線に乗ってることに盛り上がってるのか、分かんないけど。

今日の結花はこの上なく、テンションが跳ね上がってる。

五分と静かにできないし、ひたすら俺に話し掛けては「にへー」って笑ってるし。

旅行のときの子どもですら、ここまで大はしゃぎしないいんじゃない？

年が替わっても、結花は相変わらず無邪気全開だな。

なんて……ぼんやり考えていると。

結花が俺の頬をぷにゅっと、人差し指でつついてきた。

「遊くん、なんだかお顔が硬いですねー」

「多分、肌質の問題じゃない？　触ってみて硬いんだったら」

「そうじゃないってば。いつもより表情が、カチコチしてるって言いたいの！　なんていうか……学校のときの、私みたいに」

結花に言われて、軽く自分の顔に手を当ててみる。

無意識だったけど、言われてみると、いつもより頬が引きつってたかもしれない。

……ああ、確かに。

「緊張してる……んだよね？　遊くん」

「いや……許嫁の両親に会うんだから、そりゃあさすがにね。どこぞのイケメン男装義妹と比べても、ハードルは全然高いし」

特に交際相手の父親との対面とか、緊張レベルが半端《はんぱ》ないからな。

「貴様に娘はやらん！」とか、「娘が欲しいなら、一発殴らせろ！」とか言われるんでしょ？　マンガで読んだことあるから、知ってる。

とはいえ……俺と結花の婚約に関しては、親父の得意先に当たる結花のお父さんから、持ち掛けられたものだし。そんな大変な事態にはならないだろうけど。

「――だいじょーぶ。私がちゃんと、そばにいるよ」

優しい声でそう囁《ささや》くと。

結花はギュッと、俺の手を握って――満開の笑顔で、言ったんだ。

「だーかーら……一緒に笑って、挨拶しよ？　ね、遊くんっ！」

◆

数時間に及ぶ新幹線の旅が終わると、今度はローカルな電車に乗り換えた。

そして数駅ほどのところでおりると、二人で並んで歩き出す。

都会に比べて緑の多い、閑静な街並み。

結花が生まれ育った場所って、こんな感じだったんだなぁ。

――そうこうしてるうちに、俺と結花は綿苗《わたなえ》の実家に到着した。

巨大な門扉《もんぴ》の奥に構える、荘厳《そうごん》な雰囲気を醸《かも》し出《だ》す二階建ての屋敷《やしき》。

屋敷の横には、広々とした庭まであって。

まさに田舎の旧家といった言葉がぴったり合うような――結花の実家。

「………でか」

素朴な感想が、口をついて出てしまう。

想像の遥《はる》か上をいく、立派な実家すぎる。

こう言っちゃなんだけど――こんな古風で立派な実家から、アイドル声優と男装コスプレイヤーが生まれたとか、なんの冗談だろうって思っちゃう。

「やぁ。お帰りなさい、結花。それと――ようこそ我が家へ、遊にいさん」

ぼんやりと綿苗家を眺めていたら、巨大な門扉がゆっくりと開いて、耳馴染《なじ》みのある声が聞こえてきた。

家の前に立っていたのは、先日までうちに遊びに来てた義理の妹――綿苗勇海《いさみ》だった。

白いワイシャツの上に黒い礼装を纏《まと》った、執事みたいな格好。

首の後ろで一本に結われた、長い黒髪。

カラーコンタクトを入れた青々とした瞳は、海みたいに澄んだ輝きを放っている。

「勇海って、実家でも男装スタイルなんだな」

「あはは。いつもってわけじゃないですよ、遊にいさん。ただ今日は――遊にいさんが初めて家に来るので、きちんとした格好で出迎えようと思って」

きちんとした格好が男装って発想、考え直した方がよくない？

「ただいま、勇海。明けましておめでと！」

思わずツッコみそうになってた俺の隣で、結花が元気いっぱいに言った。

そんな結花に、勇海は爽やかな笑顔を向けると。

「明けましておめでとう。結花は今年も、可愛《かわい》い子猫ちゃんだね。だけど今年の終わりには——優雅なペルシャ猫のように、素敵なレディになっているのかな？」

「……おめでとう取り消し！　新年早々、ばかにしてー‼　勇海のばーか！」

新年初、綿苗姉妹のお約束の掛け合い。

勇海が結花を子ども扱いして、結花が勇海に怒るっていうこの様式美は、今年も変わらずらしい。

「もー……いいけどさ。ところで勇海、お父さんとお母さんは？」

「母さんなら中で待ってるよ。父さんは今朝方、仕事の電話がかかってきてね。お正月だっていうのに、急きょ出勤だってさ。帰りは夜になるんじゃないかな？」

「お父さんってば、相変わらず忙しいんだから。お正月くらい休まないと、身体《からだ》壊しちゃうよ、もぉ……」

お義父《とう》さんは不在なのか。

めちゃくちゃ構えてきてたから、ちょっとだけ肩の力が抜ける俺。

まぁ先延ばしになっただけで、どのみち対面して気を張ることには、変わりないんだけどね。

そして、勇海を先頭に――俺は結花と一緒に、実家に足を踏み入れた。

昔ながらの木製の廊下が、歩くたびにちょっとだけ軋《きし》む音が聞こえる。

外観もかなりのものだったけど、家の中も立派な造りになっていて……なんか歩いてるだけで、ちょっと緊張してくる。


「――結花！　お帰りなさい‼」


そんなことを考えていたら……引き戸が開いて、広間らしきところから一人の女性が顔を出してきた。

肩のあたりで揺れる、さらさらの黒髪。

ぱっちりとした目元。

年齢的には多分、うちの親父と同じくらいだと思うんだけど。

そう感じさせないほどに、若々しい見た目をしている。

そんな、どこか結花に似た面影の、この人は――。

「ただいま、お母さん！　それと、明けましておめでとうっ‼」

やっぱりそうだよな。

この人が、結花のお母さん……なのか。

「明けましておめでとう、結花……よかった。無事、だったのね……っ！」

「無事だよ⁉　なんでそんな、紛争地帯から帰ってきたみたいな言い方するの⁉」

「母さん、母さん。結花もいるけど、ほら。遊にいさんも、いらっしゃってるから」

「は、初めまして……佐方遊一《さかたゆういち》です。結花さんにはいつも、お世話になっています。今日はお招きいただいて――」

「…………ひぃぃぃぃぃ」

めっちゃ練習してきた挨拶を、必死に思い出しつつ喋《しゃべ》っていたところに。

お義母《かあ》さんが、なんか悲鳴みたいな声を上げた。

「お母さん⁉　どういう反応なの⁉」

「ひぃぃ……綿苗美空《みそら》、結花の母です。いつも結花がお世話に……ひぃぃ……なっております。なっておりますので、どうか結花に怖いことをしないよう、よしなに……っ！」

「怖いことって何よ⁉　お母さんってば、遊くんをなんだと思ってんの⁉」

「だ、だって男は狼《おおかみ》って言うでしょう？　だから結花も、あんなことやこんなことをされてるんじゃないかって……」

「どんなことよ！　お母さん、考えすぎ‼　遊くんにごめんなさいしてよ、もぉ！」

「あー……遊にいさん、すみません。うちの母、悪い人じゃないんですけど、相当な心配性なんですよ。本当に申し訳ないです」

ぷんぷんしてる結花と、頭を下げてくる勇海。

なるほど。結花の天然と、勇海の過剰な心配性は、お義母《かあ》さん譲りだったのか。なんか納得したわ。

まぁ、それはそれとして……お義母《かあ》さんの脳内にいるヤバい俺を、払拭《ふっしょく》しないとな。

「お義母《かあ》さん、おれ――僕は、結花さんのことを大切にしています。結花さんを怖がらせるようなことは、してないですから。信じてください！」

「ほ、本当に……？　夜な夜な鞭《むち》で、結花を叩《たた》いたりしてない？」

「失礼だよ、お母さん⁉　遊くんはそんなこと、しないよ‼」

「そ、そうよね……ごめんなさい、わたしってば妄想しすぎて……そ、それじゃあ！　スクール水着を着せて、お風呂《ふろ》で身体を洗わせたりもしてないわよね？」

「………………」

「……し、しつれーだよお母さん？　そんなこと、スルワケナイヨー？」

「ぎゃあああああ！　結花が破廉恥な目に遭ってるぅぅぅぅ‼」


——と、まぁ。こんな感じで。

とんでもない空気感の中で、結花のお母さんとの初挨拶を終えた、俺だった。

◆

「じゃーんっ！　どうだろ遊くん？　似合ってるかな？」

玄関先で待ってる俺のところに、小走りでやってきたのは、着物姿になった結花。

表情や喋り方はいつもの家結花なんだけど、こういう和装の格好は新鮮で——思わずドキッとしてしまう。

「似合ってますかー、ちらっ。反応がないなー、ちらちらっ。どっちかな〜？」

「圧を掛けないの、圧を……よく似合ってるよ、結花」

「ふへへへー。ありがとう、遊くんっ！」

「……ひぃぃぃぃ……狼くんに、騙《だま》されないでね結花ぁぁぁ……」

天真爛漫《てんしんらんまん》って感じではしゃぐ結花の後ろで、お義母《かあ》さんがガクガク震えてる。

そんなお義母《かあ》さんを「失礼だから、一回下がろっか母さん？」と、勇海がなだめる。

俺、こんなに勇海が常識的な反応してるの、初めて見たかもしれない……。

「お母さん、着付けしてくれてありがとうねっ！　それじゃあお母さん、勇海。初詣、行ってきまーす‼」

元気いっぱい挨拶をしてから、結花は俺の手を引いて、地元の道を歩き出す。

都会に比べて建物が多くなくて、緑の多い町並み。

木々の隙間から降り注ぐ陽光が、なんだか心地良い。

穏やかな空気を感じながら、俺は結花に連れられて、神社に辿《たど》り着《つ》いた。

正月にＴＶでよく見る、参拝客で溢《あふ》れかえってるような、大規模なところじゃない。

本当に近所の人だけが来ている感じの、地元のこぢんまりとした神社。

「ちっちゃい頃からね。お正月はいつも、ここにお参りに来てたんだ」

そう言って笑う結花は、着物を着ているせいか、いつもより大人びて見える。

手を繋《つな》いだまま、二人で石段をのぼっていく。

通りすがる参拝客の数は、決して多くないけど。

なんだかみんな、ニコニコと——幸せそうに笑ってる。

「ねぇ、遊くん！　おみくじ引こっ‼」

結花に促されて、順番におみくじを引く俺たち。

そして結花の「いっせーので！」を合図に、同時におみくじを開いた。

「やったー、大吉だー‼」

結花がガッツポーズをしながら声を上げる。

その無邪気すぎる結花の姿に、俺は思わず笑ってしまう。

「遊くんのおみくじは……あ、末吉だっ」

「まぁ微妙だけど、凶じゃないだけマシかな」

「微妙じゃないよ。これからどんどん、幸せになっていくってことじゃんよ」

末吉のおみくじを片手に苦笑していたら、結花が優しく微笑《ほほえ》んで。

そっと俺の手を握って、言った。

「末吉って、あんまり良くないって思われるけどね？　実は、これから未来が開けていくっていう、良《い》い意味があるんだって！　末広がりの、末吉‼」

「そう言ってくれるのは嬉《うれ》しいけど。さすがに縁談の項目とか、縁起が悪すぎて……」

◇縁談『思わぬ躓《つまず》きあり。心を強く持て』

――思わぬ躓きって。

許嫁《いいなずけ》の実家に来た日に引いたおみくじとしては、最悪すぎる。

こんなのもう、凶と変わんなくない？

「大丈夫だよ、遊くん！　私の縁談のところ、見て‼」

げんなりしてる俺に向かって、結花はずずいっと、おみくじを突き出してきた。

◇縁談『貫けば叶《かな》う。走り続けよ』

「ね？　遊くんのおみくじと、私のおみくじを足したら――もう良縁でしかないじゃんよ！　躓くことはあるかもだけど、私が遊くんへの愛を貫けば――絶対に叶う！　だから遊くんも、信じ続けていーよって‼」

めちゃくちゃ自己解釈を交えて力説する結花に、俺は思わず噴き出してしまう。

「そもそも、おみくじを足し合わせるのって、ありなの？」

「いいんだもん。だって私と遊くんは、二人で一人だもん」

「神様もびっくりな論理だね」

「うん。だって私は、神様もびっくりするくらい――遊くんのことが大好きだからっ！」

そんなやり取りをして、俺と結花は笑いあってから。

賽銭《さいせん》箱の前に移動して、小銭を入れて――二拝二拍手。

両手を合わせたまま、俺は目を瞑《つぶ》り、そっと心の中で祈る。

――どうかこんな毎日が、ずっと続きますようにって。

そんな俺のそばで、結花が小声で祈っているのが、聞こえてきた。

「今年も、来年も、再来年も――ずっと遊くんと、笑顔で一緒にいられますように……」

ふっと俺が目を開けて、顔を上げる。

すると結花も、ほとんど同じタイミングで顔を上げて――俺の手を取った。

「えへへっ。それじゃあ最後は……一緒にねっ？」


そうして。

俺と結花は手を繋いだまま、最後の一拝をした。

末吉のおみくじは、正直ちょっと微妙だったけど。

結花と一緒なら、なんとかなりそうな気がするから……まぁいっか。

第5話　俺の許嫁が、過去の自分にさよならをしたんだ

初詣に行って、結花《ゆうか》の実家に戻った俺たち。

だけど、お義父《とう》さんは仕事が長引いてるみたいで、まだ帰ってきていなかった。

「あははっ。父さんが帰ってこないと、生殺しって感じだね、遊《ゆう》にいさん？」

「やめなさい、勇海《いさみ》。『殺し』なんて、物騒なことを言ってはいけないわ……倍返しされたら、どうするの……」

「お母さんこそ、やめてよ⁉　遊くんをなんだと思ってんの、もぉー‼」

そんな中——俺は結花・勇海・お義母《かあ》さんと一緒に、食卓を囲ませてもらっていた。

「ど、どうって……遊一《ゆういち》さんは、素敵な方だと思うわ。礼儀正しいし、結花にも勇海にも優しくって……結花にはもったいないほどのお相手よ？」

「……ふへへへへへ。でしょー？　私の遊くん、素敵でしょー？」

「結花、そこはドヤ顔をする場面じゃないから……遊にいさんの顔を見なよ？　困りすぎて顔が引きつってるって」

「素敵すぎるのよ……素敵な紳士すぎて、裏の顔があるんじゃないかって……っ‼」

「なんで⁉　お母さん、妄想しすぎだよ！　遊くんに裏の顔なんかないもんっ‼　遊くんはいつだって紳士で……えへへっ。私のこと、大事にしてくれてるんだよ？」

「……そうよね。ごめんなさい、考えすぎちゃって。よかった……クリスマスだからって、サンタの格好をした結花を堪能《たんのう》した遊一さんは、いなかったのね」

「…………イナイヨー？」

「やったのね⁉　その反応は、やったんでしょ結花⁉」

「えっと……二人とも。遊にいさんに迷惑だから、ちょっと黙ろうか？」

なんだこの会話。

ぶっ飛んでるお義母《かあ》さんと、天然爆発な結花のおかげで、相対的に勇海が常識人みたいに見える……勇海も十分、非常識なのに。

恐るべし、綿苗《わたなえ》家。

佐方《さかた》家も、人のこと言えたメンバーじゃないから、お互い様だけど。


そんなこんなで、結花の実家での一日は、めまぐるしく過ぎていき。

時刻はいつの間にか、二十時に差し掛かっていた。

「お父さんから連絡があって……まだ遅くなりそうだから、遊一さんとの挨拶は明日でお願いしますって……すみません、遊一さん。正月からバタバタしてしまって」

「いいえ、お仕事だから仕方ないですよ。お義母《かあ》さん、お気遣いありがとうございます」

俺は素直な気持ちで、そう答えた。

明日に挨拶が延期されたのは、勇海の言うとおり生殺し感がすごいけど……仕事なんだから、誰のせいでもない。

「それじゃあ、そろそろ寝ようか。遊にいさんには、どこで寝てもらうの？」

勇海が気を利《き》かせて、結花とお義母《かあ》さんに投げかけるように言った。

眼鏡を掛けて髪をおろした勇海は、昼間の男装モードとは打って変わって、女の子らしいパジャマ姿。

こういう格好のときの勇海って、全体的に結花に似てるから……なんとなく、ドキッとしちゃうんだよな。

ついでに、家モードの勇海は、胸の主張がとんでもない。男装のときにどうやって隠してるんだか、本気で分かんないほどに。

「……えいっ」

そのときだった。

結花がぐいーっと、俺の腕に自分の腕を絡《から》めてきたのは。

「遊くんは、私の部屋で寝ます。一緒に仲良く寝ます。異論は認めませんっ！」

「待って待って、結花⁉　許嫁の実家に来てる俺の身にもなろうか？　お義母《かあ》さんの前で、そんな爆弾発言をされたら――」

「ひぃぃぃぃ……仲良く寝るって、どういうニュアンスなのぉぉぉ……」

ほら見たことか！

心配性なお義母《かあ》さんが、とんでもない混乱をきたしちゃったじゃん‼

結花。お願いだから、フォローをお願い……って。

「……えっと、結花？　なんで俺の腕にしがみついたまま、ジト目で睨《にら》んでんの？」

「だって遊くん、勇海の胸が大きいからって、じっと見てたもん」

「……結花、いったん落ち着こう？　話せば分か――」

「分かんないもん！　とにかく、遊くんは私と一緒に寝るの。じゃないと……勇海が何をしでかすか、分かんないじゃんよ‼」

「え、僕が⁉　いくらなんでも冤罪《えんざい》すぎるよ結花！　どちらかというと僕は、遊にいさんに卑猥《ひわい》な目で見られた被害者なんだよ⁉」

「……なるほど」

そんな姉妹の、泥沼なやり取りを見ていたお義母《かあ》さんは。

なぜか今までで一番冷静に——呟《つぶや》いた。

「つまり遊一さんは、結花だけじゃなく、勇海にも手を出してる……ってことかしら？」

「全然違いますよ⁉　なんでそうなるんですか⁉」

——それからしばらくの間。

俺は三人それぞれを鎮《しず》めるために、孤軍奮闘する羽目になった。

◆

「はぁ……死ぬほど疲れた……」

ようやく騒ぎが落ち着いたところで。

俺は結花の部屋に移動して、深々とため息を吐き出した。

「……遊くん。ごめんね？」

トーンダウンした結花は、殊勝な声でそう言うと。

運んできた掛《か》け布団《ぶとん》で口元を隠しつつ、上目遣いに俺の顔を覗《のぞ》き込んできた。

「……そうやって可愛《かわい》い顔したら、許してもらえると思ってるんでしょ？」

「……うにゅ」

わざと意地悪なことを言ってみる。

すると結花は、布団《ふとん》を頭からかぶって、その場にしゃがみ込んだ。

その結果……びろんと広がった掛け布団の真ん中だけが盛り上がってる、スラ○ムみたいな状態の出来上がり。

「結花ちゃんは、反省しすぎて溶けちゃいました。でろーん」

「これ、溶けた設定なの？　っていうか、溶けたのに喋《しゃべ》ってるじゃん結花」

「これは結花ちゃんの生前の魂が、遊くんの心に語りかけているのです。結花ちゃんはごめんなさいのあまり、溶けてしまったんです……遊くん、ごめんね？　許してー。仲良く寝たいよー。でろーん」

ずるいでしょ、その甘え方。

そんな子どもみたいに甘えられたら、許すしか選択肢なくなるじゃん。別に最初から、怒ってなかったけど。

さすが結花……婚約生活が長くなって、もはや甘えのスペシャリストと化してる。

「いいよ。俺の方も、ムキにさせちゃってごめんね」

「……やった！　私も、いーよっ‼　ででーん。結花ちゃん、ふっかーつ！」

バッと布団を剝いだ結花は、めちゃくちゃ嬉《うれ》しそうに笑いながら——俺の胸に向かって、思いっきり飛び込んできた。

「……ふへ。遊くん、いいにおいー……好きー」

「もぉ……そうやってると、眠くなっちゃうよ結花？　ほら、先に布団敷いちゃおうよ」

それから俺と結花は、二人で布団を敷いた。

結花が「二人で布団をくっつけて寝たい」と言って譲らなかったので、二人が並んで寝られるような配置で。

そうして寝る準備が終わったところで、俺はふと……結花の部屋を見回した。

畳敷きの結花の部屋には、ほとんど荷物がない。

大半のものはきっと、うちに持ってきてるからなんだろうけど。

唯一置いてあるのは、部屋の奥にある三段ラック。

そこに、数年前の少女マンガ雑誌といくつかのＣＤ、それから学校のアルバムが残されている。

「ちょっと、遊くんっ！　あんまり部屋を、じろじろ見ないでってば‼」

そう声を上げたかと思うと。

結花は後ろから、俺の目を塞いできた。

「もぉ！　ほとんど遊くんのおうちに持っていっちゃってるから、散らかってはないけど……一応、乙女の部屋なんですー」

「乙女は見られて恥ずかしいものがなくても、目を塞いでくるもんなの？」

「何もなくっても、見られたら恥ずかしいのが乙女心なの、もー……遊くんの、ばーか」

ぼやくようにそう言って、結花はギュッと、俺の背中に身体《からだ》を寄せてきた。

「……遊くん、あったかーい。ふへっ……気持ちいいなー、遊くーん……」

ちょっとちょっと。目を塞いだまま、ふへふへしないでくれる？

っていうか、そんなに密着されたら、なんか背中に柔らかいものが当たっちゃうから。

正月早々、悶々《もんもん》とした気持ちになっちゃうから。

「――ねぇ、遊くん。寝る前にね、一人だけ電話しておきたい人がいるんだけど……いいかな？」

ふっと、そう囁《ささや》いて。

結花は俺の目元から手を離し、こちらの顔をひょいっと覗き込んできた。

……なんでわざわざ、そんなこと確認するんだろう？

普段だって二原《にはら》さんたちと、普通に電話してるってのに。

「全然大丈夫だけど……誰にかけるの？　二原さん？　それとも声優関係とか？」

なんとなく、違うんだろうなと思いつつ、聞いてみる。

そんな俺のことをじっと見つめたまま——結花は穏やかに、微笑《ほほえ》んだ。

「ありがと、遊くん。私が電話したいのはね……中学のときの、友達なんだ」

「…………え？」

予想外すぎる相手だったもんだから、俺は思わず変な声を出してしまった。

だって、結花にとっての中学の友達って。

とても楽しく電話できる相手なんかじゃ、ないはずだから。


——文化祭の少し前に、結花から聞いた昔の話。

中二の頃までの結花は、オタクトークで明るく盛り上がるタイプの女子で。

いつも数人の仲良しメンバーと一緒に、平凡な毎日を過ごしていた。

だけどある日を境に……「なんとなく気に食わない」なんて理由で、他のグループの女子が嫌がらせをしてくるようになって。

最終的には仲の良かった友達も、巻き込まれないようにと、離れていって。

そんな日々に疲れた結花は、中二の冬にプツッと糸が切れてしまい。

しばらくの間――家に引き籠もることになったんだ。


「…………平気なの？　結花」

そんな過去を知ってるからこそ、俺は堪《たま》らず尋ねてしまう。

だけど結花は、普段と変わらない穏やかな笑顔のままで。

「うん。今の私なら、もう……大丈夫だよ」

そして結花は、電話をかける。

その相手は、かつて――一番の友達だったという女の子。

『……もしもし？　結花ちゃん？』

静まり返った室内に、電話口の向こうの声が、かすかに聞こえてきた。

「もしもし。久しぶり、咲良《さくら》ちゃん」

『……うん。久しぶり……元気に、してた？　関東の高校に通ってるって、聞いてたけど……』

「うん、そうなんだよー。地元を出て、上京してね？　すっごく、元気にしてるよっ！」

結花が弾むような声でそう言うと、相手の彼女が……上擦ったような声で応える。

『……そっか。元気に、してるんだね。結花ちゃん……』

「うんっ！　仲良しの友達もできたし、学校もすっごく楽しいんだ。それにね、実は……彼氏もできたの！　えへへ……意外でしょ、咲良ちゃん？　こんな私に、彼氏なんて」

『……そんなこと、ないよ。だって結花ちゃんは……昔っから、とっても優しくて……』

言い掛けて、言葉が途切れる。

しばらくして、電話の向こうから——泣きじゃくる声が、聞こえてきた。

『ごめんなさい……結花ちゃん、ごめんね……っ！　ずっと謝りたかった……結花ちゃんが辛《つら》いとき、わたしは……自分がいじめられるのが怖くて……逃げ出して……っ‼』

何度も何度も、呼吸を乱しながら、彼女は言葉を続ける。

『……今さら謝るのも、卑怯《ひきょう》だよね。結花ちゃんに許される資格なんか、わたしにはない……結花ちゃんを裏切った、わたしには……』

「——うん。咲良ちゃんならきっと、そうやって自分を責めてるんだろうなって思ってた。だから……どうしても、電話したかったんだ」

結花もまた、声を震わせながら。

それでも電話の向こうの友達に向かって——必死に言葉を紡《つむ》ぐ。

「今まで私も、勇気が出なくって……連絡できなかった。ごめんね、遅くなっちゃって」

『……なんで、結花ちゃんが謝るの？　結花ちゃんは、何も悪くないよ……悪いのは、いじめてたあいつらと、逃げ出したわたしたちで……っ‼』

「私ね？　今でも……咲良ちゃんのことが好き。一緒に楽しくお喋りしてた、あの頃のみんなが――今でも、大好きなんだ」

ぽたぽたと、結花の足もとに涙の雫《しずく》が零《こぼ》れ落《お》ちていく。

だけど結花は、満開の笑みを浮かべたまま――言ったんだ。

「私は元気にしてるから。いっぱいいっぱい、幸せにしてるから……ね？　もう、自分を責めないで？　咲良ちゃんたちが、幸せな毎日を過ごせるようにって、本気で願ってるから――だから、ね？　…………一緒に、笑お？」

◆

「――ありがとう、遊くん。電話が終わるまで、待っててくれて」

電気を消して布団の中に潜り込むと……結花は照れくさそうに、頬を掻《か》いた。

そんないつもどおりの結花が、なんだか妙に愛おしくなって。

「ふぁ⁉」

「お疲れさま、結花」

気が付いたら俺は、結花のことを――強く抱き締めていた。

結花は「えっとえっとぉ……」なんて言いつつ、しばらく手足をバタバタとさせてたけど……最終的にはギュッと、俺のことを抱き返してくる。

「……遊くん。今日はこうやって、ぎゅーってして寝てもいーい？」

「うん、いいよ――結花、頑張ったね」

俺が頭を撫《な》でると、結花はくすぐったそうに笑う。

そして、俺の胸元に顔を埋《うず》めて。

「――文化祭のときにね？　中学の頃にいっぱい作れたはずの思い出は、教室に置きっぱなしでいいやって……これからは、今をいっぱい楽しもうって、そう思ったんだ」

「うん」

「だけどね？　修学旅行も、インストアライブも、クリスマスも……なんでもない毎日も。いっぱい楽しくって、いっぱい幸せだなって思えたら――ちゃんと挨拶したいなって。そんな気持ちが、湧いてきたの」

「中学の友達に？」

「うんっ。辛いことがたくさんあったのは、本当だけど――咲良ちゃんたちと笑ってた頃の楽しい思い出だって、嘘《うそ》じゃないから。だから、私は元気だよって。心配しないでねって……ばいばいって。ちゃんと、言いたかったんだ。独りよがりかもだけど」

顔を埋めている結花の表情は、見えないけど。

なんとなく、泣きそうな顔をしてる気がしたから……俺はそのまま、結花の頭を撫で続けた。

「……ん。遊くん、大好き……」

過去の自分にさよならして。

かつての友達にも笑顔でいてほしいと願って、エールを送った結花の姿は。

比喩じゃなくって、間違いなく――天使そのものだったから。

だから今日はこうして、俺の腕の中で羽休めしてくれたらなって。

――心の底から、そう思ったんだ。

第6話　【衝撃】許嫁《いいなずけ》の父親に挨拶をしたら、とんでもないことになった

「………朝が来てしまった」

カーテンの隙間から射《さ》し込む日差しを見て、俺は深い深いため息を漏らした。

結花《ゆうか》が勇気を出して、中学の頃の友達に電話でエールを送って。

そんな健気《けなげ》な結花が愛《いと》おしくなったもんだから、ギュッと抱き締めたまま、二人で寝入ってしまい……気が付いたら朝になってたんだけど。

さっきからずっと、溢《あふ》れ出《で》るため息が止められない。

「大丈夫だとは、思うけど……やっぱ緊張するな」

すやすや寝息を立てつつ、まだ布団《ふとん》にくるまって眠ってる結花を見ながら、俺は独り言《ご》ちた。


――そう。

今日は俺にとって、人生の山場となる日。

昨日は仕事で不在だった、結花のお父さんと――対面を果たす日だ。

◆

「遊《ゆう》にいさん、大丈夫ですか？」

足取りが重い俺に気付いたらしい勇海《いさみ》が、振り返りながら尋ねてくる。

結花と勇海に連れられて、お義父《とう》さんの部屋に向かってるんだけど――我ながら情けないけど、マジで緊張してきてるんだよね。

「遊くん、大丈夫だよっ！」

無邪気な声を上げて、俺の腕に抱きついてくる結花。

そして、ニコーッと子どもみたいに笑って。

「だって遊くんってば、こんなに素敵な人なんだもん。だからぜーったい、お父さんも……すぐに安心するに決まってるもんねっ」

安心させる一言のようで、めちゃくちゃハードル上げてるからね結花？

そんな俺たちを尻目に……勇海はふすまを開けて、お義父《とう》さんの部屋に入っていく。

そして、数秒も経《た》たないうちに出てくると。

「父さんが、遊にいさんと二人で話をしたいって言ってますけど……どうします？」

え、いきなり二人で？

最初は結花や勇海と一緒に話すものだとばかり思っていたから、予期せぬ提案すぎて少し怯《ひる》んでしまう俺。

そんな俺の動揺が伝わったのか、結花がくいっと服の裾を引っ張ってきた。

「遊くん、大丈夫？　私も一緒に行くよ？　私もまだ、お父さんに挨拶できてないし」

「……うん、ありがとう結花。だけど、大丈夫だよ」

結花が心配してくれる気持ちは嬉《うれ》しいけど。

婚約者の父親から、二人っきりで話そうって言われてるんだもの……ここで逃げたら、男がすたる。

そして、意を決した俺は。

結花と勇海に見送られながら——お義父《とう》さんの部屋のふすまを、ゆっくりと開けた。

「し……失礼します」

「——ああ。座りたまえ」

低い声でそう言われて、俺はおずおずと、勧められた座布団《ざぶとん》の上で正座する。

目の前に坐《ざ》しているのは、白髪交じりの短髪の男性。

……多分、うちの親父《おやじ》と同年代くらいだと思うんだけど。

黒縁眼鏡の下から覗《のぞ》く、眼力の強さ。

甚平《じんべい》姿で腕組みをしている、その佇《たたず》まい。

どこを取っても、うちのヘラヘラしてる親父とは比べものにならないほど、威厳に溢れている。

この人が――結花のお父さん。

「昨晩は、申し訳なかった。待たせた上に、挨拶する時間も取れずに」

「い、いいえ。大丈夫です。こちらこそ、気を遣わせてしまって――」

「こんな遠方まで足を運んでもらったこと、大変感謝している。私は綿苗陸史郎《わたなえりくしろう》――結花の父親だ」

先に名乗られてしまった。

俺は慌てて、深く頭を下げる。

「こちらこそ、お招きいただき、感謝しています。初めまして……いつも結花さんには、お世話になっています。佐方遊一《さかたゆういち》です」

「……ああ。足を崩してもらって、構わんよ」

「い、いえ。大丈夫です」

結花とも、勇海とも、お義母《かあ》さんとも違う――寡黙で厳格な印象の、お義父《とう》さん。

　どんどん緊張感が高まっていくけど……とにかく粗相がないようにしないと。

「結花は……そっちでは、元気にしているか？」

「は、はい！　結花さんは、家でも学校でも、元気にしています。優しくて、温かな人柄の結花さんに、僕はいつも元気をもらっていて……結花さんには毎日、感謝することばかりです」

「結花に、元気をもらっている――か」

　……何か、地雷を踏んだ？

　復唱されたことに、内心めちゃくちゃ動揺する俺。

　けれど、お義父《とう》さんは顔色ひとつ変えることなく、淡々と続ける。

「知っていると思うが。結花は中学生の頃、不登校だったことがあってな。その頃の結花は――いつも泣いてばかりいた」

「……はい、結花さんから聞きました。そんな自分を変えたいと、オーディションを受けて、声優になって。それをきっかけに、高校から上京してきたと」

「そうだ。男親としては、心配の方が大きかったが……元気に、しているのか」

「お義父《とう》さんが、結花さんの一人暮らしを心配されていたというのも、聞いていました。それで、うちの父と話をして、お義父《とう》さんが僕たちの結婚を提案し――」

言葉に出してから……なんだか、妙な違和感を覚えた。


俺はまっすぐに、目の前で腕組みをしている、お義父《とう》さんのことを見つめる。

娘の一人暮らしを心配している得意先のお偉いさんと、うちの親父が親しくなって。

俺と結花の結婚をさせるなんて、意味の分からない約束をして。

そんな奇妙な話からはじまった、この同棲《どうせい》生活だけど――。


この寡黙で厳格なお義父《とう》さんが。

そんな突飛な話……本当に、言い出すのか？


「……この結婚を提案してきたのは、遊一くん――君の、父親の方だよ」


――ガンッと。

俺は脳天を殴られたような、そんな衝撃を受ける。

「もちろん、彼だけの責任と言うつもりはない。私が彼の話を拒否していたとすれば、この縁談がはじまることは、なかったのだから」

「………」

何も、言葉が出てこなかった。

世界がひっくり返ったみたいに、頭の中がザーッと真っ白になっていく。

そんな俺を見据えたまま――お義父《とう》さんが問い掛ける。

「結花から元気をもらっていると、言っていたね。毎日、感謝することばかりだとも」

「………は、はい」

「それでは、ひとつ尋ねさせてほしい――遊一くん。結花が君からもらっているものは、なんだね？」

――結花が、俺からもらっているもの？

結花と暮らすようになって、俺はたくさんの元気を――『笑顔』をもらった。

結花がいつも笑顔で、そばにいてくれるから。

俺の毎日は少しずつ明るくて、温かなものになっていった。

クリスマスだって、結花が支えてくれなかったら……那由《なゆ》と本音をぶつけ合うことなんて、きっとできなかった。

それじゃあ……俺が結花にあげられてるものって、なんだ？

◆

「……へぇー。それで、向こうのお父さんに言い負けて、逃げ帰ってきたわけ？　すごいねー兄さん、馬鹿なんだ？」

電話口の向こうから、那由のキンキンに冷えた声が聞こえてくる。

ああ。久しぶりに聞いた……これ、那由がガチで怒ったときのトーンだ。

小さい頃から、マジギレすると急に冷静になるんだよな、那由は……。

結花のお父さんと初めての対面を果たした俺は――この結婚は、うちの親父が持ち掛けたものだったっていう、衝撃の真実を告げられた。

その上で、お義父《とう》さんは――結花が俺からもらっているものは何かと、俺に問い掛けてきたんだ。

だけど俺は……色んな思いが頭の中を駆け巡ってしまって。

情けないことに、即答することができなかった。

そんな俺を見て――お義父《とう》さんは静かに、言ったんだ。

「……急な問い掛けだ。今日のところは、答えられなくても構わない。ただ、そう遠くないうちに――その『答え』を、聞かせてほしい」


――と。


そんな地獄みたいな実家挨拶を終えて、自宅に戻ってきたところで。

俺は親父を問いただそうと電話したんだけど、なぜか電源を切ってやがって、繫《つな》がらなかったから。

那由から取り次いでもらおうと思い、電話をかけたら――洗いざらい話させられて。

今に至る、ってわけだ。

「兄さんって、結花ちゃんと結婚する約束してんだよね？　なのに、ちょっと動揺したら何も答えられないとか……控えめに言って、死んだ方がよくね？　結花ちゃんが可哀想《かわいそう》なんだけど？」

「いやいや、那由？　言葉を返すようでなんだけど。結婚の前提を覆《くつがえ》された上で、急にそんなことを尋ねられたんだぞ？　多少は情状酌量の余地をだな……」

「返された言葉をさらに返すけど。前提が覆ろうが、急に言われようが、答えるのが男じゃね？　そのヘタレな態度で、もし向こうが『婚約解消』って言ってきたら、どうする気だったわけ？　ほら、ぐうの音も出ないっしょ？　馬鹿じゃん、兄さん。マジで」

「…………ぐぅ」

ごもっともすぎて、返す言葉もなかった。

そんな俺に向かって、那由は盛大なため息を吐いてから、言った。

「……ま。次回はぜってー、リベンジしろし。とりま今月末に、うちと結花ちゃんの実家の顔合わせをセッティングするって、父さんが言ってるから」

「……ん？　待て待て、那由。親父、そこにいんのか？」

「うん」

「親父と電話代われ、那由！　結婚の件について、ちゃんと説明を――」

「あ、逃げた」

「ふざけんなよ、あのくそ親父‼」

――そんなこんなで結局、親父の口から、結婚のくだりの説明を聞くことはできず。

唯一分かったのは、残り一か月もないうちに……結花のお父さんとのリベンジマッチが開かれる予定だってことだけだった。

「あー……どうしたらいいんだろ……」

那由との電話を終えて、俺はぐったりとテーブルに突っ伏した。

正月の夜、結花が中学時代の友達と電話して——過去の自分との区切りを付けたのを、思い出す。

俺よりも辛《つら》い過去を持っているはずなのに、結花は……学校では友達を作ろうと、頑張って。声優としては、たくさんのファンを笑顔にしようと努力を続けていて。

そんな結花の笑顔に、俺はいつだって、励まされてるんだ。

——それに比べて、俺はどうだろう？

片思いの相手・野々花来夢《ののはならいむ》にフラれて、その噂《うわさ》をクラス中にばら撒《ま》かれて……親父《おやじ》と母さんの離婚以来のダメージを負った、あの頃。

ゆうなちゃんと出逢《であ》って、『恋する死神』として彼女を推しはじめた俺は、心に誓ったんだ。

傷つけ合うばかりになる、三次元女子との恋愛は——もうしないって。

それからしばらくして、結花と出逢って。

そのおかげで、楽しい毎日を送れてはいるけれど。

自分が結花みたいに、過去を乗り越えて頑張れているのかって聞かれたら——まったく向き合えていないって事実に気付く。

そんな俺が、結花にあげられているって、自信を持って言えるものは——本当に何もなくって。

「……我ながら、情けないよなぁ」

「——うにゃー!!」

そうして、一人で思考のるつぼに呑《の》み込まれていってた俺に向かって——後ろから結花が、飛び掛かってきた。

むぎゅーっと背中に密着する、結花の柔らかい胸。

ほのかに漂ってくる、柑橘《かんきつ》系のシャンプーの匂い。

「えっと……結花？　急に猫語で飛び掛かってきて、どうしたの？」

「……遊くんが、元気ないんだもん」

後ろから抱きついたまま、結花は俺の背中に指を当てて、つぃーっと動かしはじめる。

「ちょっ、結花!?　それ、めちゃくちゃくすぐったいから!!」

「……笑えー」

俺が声を上げると、結花は指を止めずに呟《つぶや》いて。

「私は遊くんがそばにいるだけで、たくさん幸せだもん。遊くんがいるから、いっぱい笑顔でいられるんだもん。だから……笑えー。いっぱい笑えー、遊くんー」

ああ、なるほど──「笑わせる（物理）」ってことか。

俺が元気ないもんだから、心配させちゃったんだろうな。

……ごめんね、結花。

「ふにゃ⁉」

俺は無理やり身をよじると、結花の方に向き直って──結花のことを抱き締めた。

いきなりだったからだろう、結花は顔を真っ赤にしてビクッてなったけど……すぐに身体《からだ》を弛緩《しかん》させて、俺の方に寄り掛かってくる。

「──遊くん」

「ありがとうね、結花……うん、大丈夫。もう、元気になったから」

「本当かなー？　ちらっ、ちらっ」

おどけたようにそう言って、いたずらっ子みたいに首を動かす結花に──俺は本気で、噴き出してしまった。

「あ、ほんとだ。遊くん、もっと笑えー。ちらっ、ちらっ」

俺が笑ったのが嬉《うれ》しかったのか。口元を猫のようにきゅるんっとさせて、ますます俊敏な動きで首を動かしはじめる結花。まったく……すぐに調子に乗るんだから。

「はいはい、大丈夫だから。ほら、落ち着いて？」

「……むにゅ」

俺がぽんぽんって頭を撫《な》でると、結花はおとなしくなって、俺の腕の中で丸くなる。

「えへへー……遊くーん。私はずーっと、遊くんから離れないからねー……」

そんな無邪気な結花を見てたら――さっきまで悩んでいたのが馬鹿らしく思えてきた。


結花ほど過去を乗り越えられていなかった俺は、情けないことに……お義父《とう》さんの問い掛けに即答することができなかった。

おみくじに書いてあったとおり――「思わぬ躓《つまず》き」だったよ。本当に。

だけど……結花と一緒に、笑顔でいられるように。

お義父《とう》さんと次に会うまでに、全力で『答え』を見つけてみせるから。

そうじゃないと――結花の『未来の夫』だなんて、胸を張って言えないもんな。

☆新年明けまして、初仕事☆

「――ゆうなは、ぜーったいっ！　あなたのそばから、離れないんだからね‼」

「はい、ＯＫです」

音響監督さんがそう言ってくれたので、私はすうっと息を吸い込んでから、勢いよくおじぎをしました。

「ありがとうございました！　今年もよろしくお願いしますっ‼」

ふぅ……新年初仕事、無事に終わったぁ！

なんて、晴れ晴れとした気持ちでいると、後ろから久留実《くるみ》さんに声を掛けられました。

「ゆうな、お疲れさま。新年一発目から、いい演技だったわね」

「えへへー。ありがとうございます、久留実さん！」

今日の久留実さん、なんだかいつもよりピンクのルージュが乗ってる気がする。

ショートボブな茶髪も、黒いジャケットにタイトスカートって格好も、とっても大人っぽいし――いいなぁ。私も大人になったら、こんな風になりたいよ。

「それじゃあ、ゆうな。少ししたら事務所の方に移動するわよ」

「はーい。すぐに支度しまーす」

スタジオでゆうなの新録ボイスを収録し終わったら、今度は事務所に向かう私と久留実さん。

事務所に着いたら、先に到着していたらんむ先輩と合流！

「明けましておめでとうございます、らんむ先輩‼」

「ええ。今年もよろしくね……ゆうな」

それから私とらんむ先輩は。

久留実さんに案内されて……社長室の前に、やってきました。

社長室かぁ。初めて来たかも。

久留実さん曰《いわ》く、去年結成した『ゆらゆら★革命』の活躍に、社長がとっても喜んでくれてるらしくって——新年初挨拶をすることに、なったんだって。

ありがたいなって思うけど……こーいうかしこまった挨拶の場って、緊張するよね。

お父さんに挨拶したときの遊《ゆう》くんも、こんな気持ちだったのかな？

「社長。失礼します」

そして。久留実さんに続くように。

私はらんむ先輩と並んで、社長室に足を踏み入れて——。

「あ、明けましておめぢゅ……っ！」

嚙《か》みました。思いっきり。

あぅ……私ってば、本当にドジ。

「あははは っ。やっぱり面白いね、和泉《いずみ》ゆうな」

そんな私の前で楽しそうに笑っているのは、『60Ｐプロダクション』の代表取締役《だいひょうとりしまりやく》。

この事務所を取り仕切る――六条麗香《ろくじょうれいか》社長でした。

金色に近い茶髪は、綺麗《きれい》なパーマが掛かっていて。

右の目元にあるホクロは、なんだか大人の色気を感じさせる。

ご本人が芸能人って言われても、通用しそうな気がしちゃう人だなぁ……。

「明けましておめでとうございます。ゆうなが失礼をしました、六条社長」

「紫ノ宮《しのみや》らんむ――なるほど。噂に違《たが》わぬ、クールビューティだ。そういえば確か、君はケイに憧れているんだってね？」

「はい。私にとって、真伽《まとぎ》ケイさんの生き方は――道しるべそのものです。彼女のようにすべてを賭《と》して、私は……声優界のトップを、目指します」

らんむ先輩の背中から、炎が噴き上がったような……そんな気がしました。

「――なるほどね」

そんならんむ先輩と私を、ギラギラと輝く瞳で交互に見る、六条社長。

「紫ノ宮らんむと、和泉ゆうな。ここまで対極で、ここまで近しい存在は、なかなかいない。まったく……素晴らしい化学反応を起こしたものだよ、『ゆらゆら★革命』は」

対極で、近しい？　私と、らんむ先輩が？

いまいちピンと来てない私をよそに、六条社長は机に両肘をついて――言いました。

「『60Pプロダクション』は、『ゆらゆら★革命』に可能性を感じている。今年も活躍してくれることを願っているよ。二人とも」

◆

「……はぁ。緊張しましたね、らんむ先輩」

「これくらいで緊張するような、私じゃないわ。私はどんな場面でも『演技』を崩したり、しないのだから」

淡々とした口調でそんな風に言うらんむ先輩……さすがだなぁ。

私なんか、事務所のラウンジのベンチに座った瞬間から電池切れで、ぐてーってなっちゃってるのに。

「ところで、ゆうな――クリスマスは、どうだったのかしら?」

「……はい? クリスマス、ですか?」

急に言われたから、一瞬きょとんとしちゃった。

自分への戒めとしても、夢のために犠牲にした誰かのためにも――クリスマスを祝わないと決めてるって言ってた、らんむ先輩。

そんならんむ先輩が、新年にクリスマスの話を振ってくるなんて、思わないじゃんよ。

「とっても、楽しかったですっ! これまでの人生で、一番のクリスマスでした‼」

「『弟』さんがいたから、かしら?」

「はいっ! 『弟』がそばにいて、『弟』から素敵なプレゼントをもらって‼ こんなクリスマス、これまでになかったって感じで――」

…………あ。

『弟』と過ごしてるのに。これまでになかったって。

完全に失言じゃんよ……私のばか。

「そう――それは良かったわ」

やらかした……と思って、ずーんっと落ち込んでたんだけど。

らんむ先輩はなぜか、そのことには触れないで。

優しく微笑《ほほえ》みながら、言ってくれたんです。

「『弟』さんと貴方《あなた》のクリスマスが、素敵なものになるのを願っていると——そう言ったでしょう？　だから、貴方にとっても、『弟』さんにとっても、クリスマスが素晴らしい記念日になったのなら……それに越したことはないわ」

「……らんむ先輩」

いつもストイックで厳しくって、どこかミステリアスな私の先輩。

だけど、一緒にユニットを組んで活動して、感じたんです。

らんむ先輩は、本当に優しくって——他人思いな人なんだってこと。

だからこそ、私はらんむ先輩のことを尊敬してるし、大好きだし……負けないぞって、思えるんです。

「らんむ先輩！　今年も一緒に、素敵なライブ……しましょうねっ‼」

なんだか思いが溢《あふ》れちゃった私が、大きな声でそう言うと。

らんむ先輩はふっと笑って、応えてくれました。

「ええ。今年も、楽しみにしているわ——よろしくね、ゆうな」

第7話　【三学期】俺の許嫁《いいなずけ》と悪友が、すれ違いコントをはじめた件について

「わったなえさーん！　明けましておめでとー‼」

「……おめでとう、二原《にはら》さん」

三学期の始業式。

登校して一発目の会話から、二原さんと結花《ゆうか》のテンションの差がひどい。

新年明けてすぐの電話のときは、無邪気に盛り上がってたのに……学校になると、途端にこうなっちゃうんだもんな。結花は。

眼鏡を掛けて、長い黒髪をポニーテールに結って。淡々とした態度で、人と接する。

それが綿苗結花《わたなえゆうか》――学校仕様。

そんな二人の様子を、俺は自分の席に座ったまま、ぼんやりと見守っていた。

「久しぶりだねー。どう、元気にしてた？」

「まぁまぁ」

「あれ？　綿苗さん、クラスで打ち上げしたときは、もうちょい打ち解けてなかったっけ？　どしたのさ？」

「新年ですから」

「え、年を越したらリセットされちゃう系？　マジかー。んじゃ、これからめっちゃ話し掛けて、距離感を取り戻しちゃうかんね！」

「どうぞ」

新年早々、コミュニケーション下手《べた》を発揮しまくってる結花に対して、めげることなくアタックし続ける二原さん。

さすがだな……俺なら絶対、心が折れてる自信がある。

茶色く染めた長い髪。ゆるっと着崩したブレザー。そして、誰にでも気さくに話し掛ける性格。

まさに『陽キャなギャル』という表現がぴったりなのに、実は『特撮ガチ勢』という顔も持っている。

それが二原桃乃《ももの》――結花の一番の友達だ。

「お、桃《もも》ー。あけおめー」

「やほー。あけおめ桃乃ー」

そうこうしているうちに、二原さんを見つけたクラスの女子たちが、わいわいしながら集まってきた。

あ、結花がパッと下を向いた。

クラスメートとどんな風に接してたか、久しぶりすぎて分かんなくなってるんだろうな……気持ちは理解できる。

だけど、集まった女子たちは特に気にすることなく、結花に話し掛けはじめた。

「綿苗さんも、あけおめ！」

「はい、明けました」

「明けましたって……どっちかというと、おめでとうの方がメインじゃない？」

「……おめでたい」

「あははっ！　やっぱあたし、綿苗さんのキャラ、ツボだわー。なんか癒《いや》される感じがするんだよねぇ。分かる、桃？」

「分かる分かるー！　うちも綿苗さんのこと、めっちゃ好き！　可愛《かわい》すぎ‼　今年もみんなで盛り上がろーね、綿苗さんっー」

「…………はて？」

なんでそこで小首を傾《かし》げんの。

テンパりすぎて、結花ってば、もはや頭が回ってないな。

――だけど。

そんな風に、わいわいと喋《しゃべ》るクラスメートに囲まれた結花は。

ちょっとだけ照れくさそうに、微笑んでいたから。

なんだかこっちまで――温かな気持ちになる。


「よぉ、遊一《ゆういち》……明けましておめでアリス」


そんな俺の肩をポンッと叩《たた》いて、新年早々『アリステ』絡《がら》みをしてきたのは――マサこと、倉井雅春《くらいまさはる》。

ツンツンヘアと黒縁眼鏡が特徴の、俺の悪友だ。

「そのセリフ、新年『アリステ』五連続ログインボーナスのだろ？」

「ああ……自分の推しキャラのボイスを選択できるっていう、神仕様のな！」

「控えめに言って、最高だったよな――ゆうなちゃんにそれ言われたときは、耳が初夢聞いてんのかと思った」

「だよな！　俺もらんむ様に新年を祝われて――もう今年なんか終わってもいいって、真面目に思ったぜ‼」

「いや。さすがにそれは言い過ぎだろ……」

中学時代からノリの変わらない、マサとの会話。

馬鹿みたいなことしか話してないけど、そんな関係の友達と一緒にいるのは、なんだかんだ居心地がいいんだよな。

そういう意味では、マサには本当に感謝して――。

「――って、そうじゃねぇ！　俺はお前に、本気で怒ってんだぞ遊一⁉」

「…………は？」

なんだよ、急に睨《にら》んできて。

そもそも『アリステ』ネタを振ってきたのは、そっちじゃね？

新年早々、マサのテンションがジェットコースターすぎるんだけど。

「この間、電話でも言っただろ……水くさいことしてねーで、ちゃんと説明しろってよ」

「ああ……そっか。その話か」

マサにそう言われて、俺はすっと頭の中が冷静になっていくのを感じた。

クリスマス当日、たまたまマサと鉢合わせたときに、家結花と一緒にいるところを見られてしまった俺。

そのときは、急いで那由《なゆ》を捜さないとだったから、説明を流しちゃったけど。

「マサ。その件について、隠すつもりはない。ちゃんと話すよ」

俺はこれまで、結花との関係を知られて――中学のときみたいに、クラス中のからかいの的になることを恐れてた。

行き掛かり上、二原さんにはバラすことになったけど……それ以外は。

一番近しい存在のマサにすら、俺は何も語らずに過ごしてきた。

だけど――結花のお父さんと話して、思い知ったんだ。

結花がこれまで、頑張ってきたみたいに。

俺自身も、過去を乗り越えていかないと……前には進めないんだって。

「そっか……ありがとな、遊一」

「いや、こっちこそすぐに説明しなくて、ごめんな。話すと長くなると思うから――放課後じゃ駄目か？」

「ああ。ちゃんと説明してくれるってんなら、それで構わないぜ。ただ……先にこれだけは言わせてくれ。じゃないと、俺の気持ちが収まらねぇ」

「……なんだよ？」

マサがいつになく真剣な顔をしてるもんだから、何事かと構えてしまう俺。

だけど、ここで逃げるわけにはいかないから。

俺はごくりと生唾を呑《の》み込んで、マサの言葉を待つ。

そしてマサは、大仰な身振りをつけながら――言った。

「見損なったぞ、お前……心に決めた相手がいながら、浮気《うわき》するなんてよぉ‼」

「――浮気？　なんの話かしら、佐方《さかた》くん？」

そんな、考えうる限り最悪のタイミングで。

いつの間にか二原さんと一緒にこっちに近づいてきてた結花が、マサの言葉に反応してしまった。

「浮気……？　交際の約束をしていながら、別の女性にうつつを抜かすという――あの浮気という代物を、佐方くんが？」

待って待って、結花⁉

マサの奴《やつ》が、やたらとはしょって発言したから、とんでもない爆弾を投下したみたいになってるけど……こいつが言いたかったのは絶対、こういうことなんだって。

・（ゆうなちゃんという）心に決めた相手がいながら

・（三次元女子に）浮気するなんて

だけど——非常に残念なことに。

いったん勘違いスイッチの入った結花は、もう止まらない。

「へぇ……聞かせてもらえますか？　新年早々、汚《けが》らわしいことをしたという——佐方くんの、お話を」

◆

氷のように冷え切った目で、俺を睨んでいる学校結花。

その隣で、「修羅場じゃん……」って顔をして、目に見えて動揺してる二原さん。

教室で紛らわしいことを言って、場を混乱させやがった元凶のマサ。

なんか意識が遠のいてきた俺。

——以上、イカれたメンバーを紹介したぜ。

「それじゃあ倉井くん。まずは簡単に、事情を話してくれる？」

「ああ……大前提として。遊一にはな、中学の頃から付き合っている、一人の美少女がいるんだ」

お前、ちゃんと前提で『二次元の』って、付けて説明しろよ⁉

そんな言い方されたら、結花も二原さんも――。

「ちゅ、中学から⁉　佐方、嘘《うそ》っしょ？　え、そんなはず……」

「へ、へぇ？　そう、だったの……」

ほら見ろ！

絶対これ、来夢《らいむ》のことだって、勘違いされたパターンじゃん‼

「だけどクリスマスの日、こいつとバッタリ道端で会ったとき。こいつの隣には――俺の知ってる『彼女』じゃない、違う女子が立ってたんだ！」

「お前、さっきからなんで中途半端《ちゅうとはんぱ》に濁して喋るんだよ⁉　だから、お前の知ってる『彼女』って――」

「佐方くん、一度黙って」

「佐方、うっさい。言い訳なら、後で聞くから」

え、なんで俺のターンが来ないの？

いつ釈明するの？　今だよ？

「え。ちょい頭が追いつかないんだけど……倉井。まずさ、いつから遊一と『あいつ』は、付き合ってたわけ？」

「中三の冬、だな」

「え、うそ⁉　そのときは佐方、確実にフラれたはずっしょ‼」

「あー……確かにその時期は、シリアスなイベントもあったっけな。でもな？　遊一はそれでも『彼女』を愛し続けて、見事に結ばれたんだ……っ‼」

二原さん　→　来夢にフラれた現実の出来事
マサ　　→　『アリステ』のイベント（当時はシリアスな話もいくつかあった）

「倉井くん。佐方くんに、か、彼女がいるって――他には誰か知ってたのかしらっ⁉」

「あれ？　二原は『彼女』のこと、知ってんだろ？　前に三人で、一緒に会ったし」

それ、『ゆらゆら★革命』のステージの話だろ⁉　紛らわしいんだよ、お前は！

「は、はぁ⁉　『あいつ』は知ってっけど、付き合ってるなんて知らなかったっての‼」

「ん？　遊一の片思いって思ってたのか？　……まぁ確かに、遊一が毎日スマホで、愛を囁《ささや》いてもらってるなんて思わないか」

「毎日⁉　愛を⁉」

だから、『アリステ』でゆうなちゃんのボイスを繰り返し聞いてるって話だろ‼

もう、わざとやってないかこいつ……よくここまで、すれ違ったまま会話できるな。

とはいえ、マサの中途半端な説明のせいで。

結花と二原さんは、「俺と来夢が隠れて電話して、今でも付き合ってる」という、とんでもない解釈に行き着いてる感じ。

「そ……そそそ……そっか。佐方くん、そ、そうなんだね……うにゅ」

勘違いのせいで半泣きになった結花は、家結花が漏れ出る直前になってるし。

「佐方――うち、マジで許さないかんね？　那由ちゃんと勇海《いさみ》くんにも、言いつける」

勘違いのせいで怒りに燃えた二原さんは、結花のことを思うあまり、さらなる二次災害を巻き起こしそうになってるし。

このままじゃ、いくらなんでもヤバすぎる。

さっきは俺のターンを防がれたけど、これ以上黙ってるわけにはいかない。

俺だって、生き残りたいし。

「ちょっと待とう、二人とも？　あのね、マサが言ってる『彼女』ってのは――」

「き……聞きたくないわ！」

ここに来て結花、まさかの耳塞ぎ。

こちらに背を向けてしゃがみ込んで、両耳をがっちり自分の手で覆い隠してる。

「いい加減にしなって、佐方。綿苗さんが、そんなの……聞きたいわけないっしょ」

そんな結花の悲しい背中を見て、二原さんは厳しい口調で言ってきた。

「わざわざ、佐方の口から聞かなくても分かってんだっての。『彼女』が——来夢だってことくらい‼」

「…………ん？　来夢？　ゆうなちゃんだぞ、二原」

「…………は？　ゆうなちゃん？　え、倉井……え？」


一瞬、時が止まったように。

マサと二原さんは呆気《あっけ》に取《と》られた顔をしたまま、見つめ合う。

そして、すべてを理解したらしい二原さんが——顔を真っ赤にして、叫んだ。

「ま、紛らわしいんだってての倉井！　許さないかんね、ガチで‼」

　──そんなこんなで。

　事情を理解した二原さんの助けもあり、結花の誤解はどうにか解くことができた。

「はぁ……ま、そうだよね。来夢がそんなんするはず、ないもんね……」

　ちなみに、すれ違いコントを発生させた張本人のマサには、取りあえず角度をつけたチョップをお見舞いしておいた。

「いってぇ……いや、確かにな？　勘違いさせる言い方をした俺も、悪いとは思うぜ？」

「『も』じゃねーよ！　九割以上、お前のせいだろマサ‼」

　この期《ご》に及んで何を言い出すかと思えば……がっつり反省しろっての。

　だけどマサは、首を傾《かし》げながら──当たり前のように、尋ねてきた。

「いや、でもよ。中学の違う綿苗さんが、来夢と勘違いして聞いてるとか、普通は思わねーだろ？　っていうか、本当に──なんで綿苗さん、来夢のことを知ってんの？」

　……ああ。マサからしたら、そりゃあそう思うか。

　うん。やっぱり放課後になったら、マサにはちゃんと説明しないとだな。

　こういう、とんでも勘違いトラブルが──二度と起こらないようにするためにも。

第8話　【速報】俺の許嫁《いいなずけ》になった地味子を、悪友に紹介したんだ

「なんか遊一《ゆういち》の家、久しぶりに行く気がすんな」

「そうか？」

「そうだろ。だってお前、高二になってから、明らかに家に入れたがらなくなったじゃねえか。ひょっとして……それもあの、クリスマスの美少女に関係してんのか⁉」

そんな感じで、俺とマサは軽口を叩《たた》き合いながら。

始業式と短めのホームルームを終えて、我が家に向かって歩いていた。

初日の学校を終えたその足で、マサには我が家に来てもらって。

先に帰って準備してる結花《ゆうか》と二人で、マサに――ちゃんと伝えるんだ。


実は、俺と綿苗《わたなえ》結花が付き合ってる……もとい、婚約してるんだってことを。


「つーかよ。なんでそんな、緊張してんだ遊一？」

「え。いや、別にそんなことは……」

「ったく。馬鹿じゃねーの、お前」

バシンッと、マサが勢いをつけて俺の背中を叩いてきた。

不意打ちの攻撃を食らって、俺はつんのめりそうになる。

「何をそんなもったいぶってんだか、知らねーけどよ……どんな事情があったって、俺がそう簡単に引くわけ、ねーだろうが。遠慮して喋《しゃべ》んなかったら、承知しねーからな」

「……マサ」

ぶっきらぼうに振る舞いつつ、俺の緊張を解いてくれてるんだなって思うと――つい目頭が熱くなる。

ありがとうな。

それから、ごめん……今日まで伝えられてなくって。

マサの言うとおりだよな。腐れ縁な関係を、ずっと続けてきた俺たちなんだから。

ちょっとやそっとの衝撃の事実を聞いたくらいで、マサが動じるわけが――。

「俺に火がつくのは、『アリステ』が絡《から》んでるときだけ！　それとは別の話だってんなら――俺はいつだって、冷静だぜ？」

……………あー。

そういうことなら、非常に残念だけど。

話の流れによっては——冷静でいて、もらえなくなるかもしんない。

◆
「やっほ！　お邪魔してるよん、佐方《さかた》ぁ」

マサと一緒にリビングに入ったら、そこでは一人のギャルがくつろいでいました。

制服姿のまま、家人みたいなテンションでソファに座って、コーヒーを啜《すす》ってる——陽キャなギャルこと、二原《にはら》さん。

「……おい、遊一。なんで二原が、ここにいるんだよ？」

「俺が聞きたいわ……マジで二原さん、なんでここにいるの？」

「えー。冷たくね、佐方？　だってうちはぁ……おっぱい恋しいとき担当の、佐方の第二夫人じゃんよ♪　じゃんじゃんよ♪　そんなうちが、佐方が第一夫人を紹介するターンで……同席しないわけないっしょ？」

「遊一ぃぃぃぃいてめぇぇぇぇ‼　見損なったぞ、そんな羨ましいことしてやがんのかぁぁあぁ‼」

もう冷静じゃないじゃん。

なんか血涙でも出しそうな勢いのマサを見ながら、俺は深くため息を吐《つ》く。

おおかた、結花が助け船として二原さんを呼んだんだろうけど——このギャルは、毒にも薬にもなるタイプだからなぁ。

どっちに転ぶんだか、今から不安になってきた……。


「こ、こんにちは！　お待たせしました、倉井《くらい》くん‼」


そんな空気を切り裂くように——思いきりよく、リビングのドアを開けて。

マサが言うところの『クリスマスの美少女』が、おずおずと入ってきた。

肩甲骨《けんこうこつ》のあたりで揺れている、さらさらの黒髪。

大きくてぱっちりとした、ちょっと垂れ目っぽい瞳。

そして制服ではなく、冬用の私服を身に纏《まと》っている。

それは紛れもなく、綿苗結花だけど——学校での綿苗結花とはまるで違うから、マサもまだピンと来てないだろう。

「——クリスマスの、美少女」

マサが呆《ほう》けたように、そんな風に呟《つぶや》く。

「……えへへっ。美少女だなんて、照れちゃうじゃんよー」

結花がマサの言葉に反応して、もじもじしはじめた。

「ちらっ」とか言いながら、俺の方にアピールしてきてるけど……結花、少しは場面に合わせて自重しよう？

「えへへー。桃《もも》ちゃんも、待っててくれてありがとうねっ！」

「いいってことさ。今まで正体を隠してた変身者が、真実を明かすシーンとか、めっちゃ燃えるシーンだかんね！　そりゃあ見届けるよ、うちは!!」

「は？　二原、この美少女と知り合いなのかよ⁉」

二原さんはいい加減、なんでもヒーローに置き換えて物事を考えるの、やめた方がいいと思う。

まぁ……何はともあれ。

俺、家仕様の結花、マサ、そして二原さん。

役者は揃《そろ》った。

マサ、待たせて悪かったな……今から『彼女』のこと、説明するから。

「えっと。これまでの経緯を話すと長くなるんだけど……まずは『彼女』が誰かってことから話すよ。『彼女』は――」

「──ひょっとして。君はゆうなちゃん……なのか？」

「え？　あ、はい！　そうです、ゆうなです‼　よく分かりましたね⁉」

そのとき……我が家に電流走る……！

唐突にマサが呟いた『ゆうなちゃん』発言に対して、反射的に結花が肯定してしまったことによって。

場の流れは、文字どおり一変した。

「え？　ゆうなちゃん……ゆうなちゃんなのか⁉　遊一が愛する、あの『アリステ』のゆうな姫が──実体化したってのか⁉」

「お前、どういう発想してんだよ⁉　友達がいきなり『俺の彼女、二次元から実体化したんだ』って言ったら、ただのホラーじゃねぇか！」

そもそも今は、家仕様の結花。

ウィッグもかぶってないし、全然ゆうなちゃんって見た目なんかじゃない。

なのにマサときたら……俺に三次元の彼女ができた事実に理屈付けしようとして、二次元が実体化したんじゃないかなんて、非科学的極まりないことを言い出した。

どこまで本気なんだか、分かんないけど。

「それじゃあ、三次元ゆうなちゃんってわけじゃ……ないのか？」

「あ、え。そ、そうですね。正確には二・五次元っていうか……」

そして——。

一度テンパっちゃった結花は、止まらない。

「二・五次元!? じゃあ、和泉《いずみ》ゆうなちゃんってことじゃねぇか‼」

「あ、あれ？ 和泉ゆうなって、バレて……あれ？ 私が和泉ゆうなだって、無意識に言っちゃってた桃ちゃん？」

「言ってなかった！ 言ってなかったけど、今まさに墓穴掘ったって結《ゆう》ちゃん‼」

「え、和泉ゆうなちゃん!? 遊一の彼女が!? マジなのか遊一!? それとも俺が——『アリステ』の世界に、入っちまったのか!?」


——————こうして。

『アリステ』ヘビーユーザーのマサによる、ぶっ飛んだ発言と。

素でも声優としても天然な結花による、テンパり墓穴発言によって。

俺の『彼女』の正体が『和泉ゆうな』だってことが、初手でバレました。
まさかの――『綿苗結花』だって、説明するよりも先に。

◆

俺の彼女＝和泉ゆうな

その事実をマサが知ったことによって、俺と結花の馴《な》れ初《そ》めを説明するとかいう以前に、プチ騒動になってしまった。

結花がテンパって、俺も半ばパニックになって。

マサはマサで、ずっと変なテンションで動揺しまくって。

こんな場面で、頼りになるのは――ヒーローにして、陽キャなギャル。

二原桃乃《ももの》、その人だ。

「ちょいちょーい！　いったん落ち着きなってみんな‼」

パンパンッと手を打ち鳴らして、俺たち三人を静かにさせると。

こほんと咳払《せきばら》いをしてから――不敵な笑みを浮かべた。

「さぁ、お前のショータイムを変える、通りすがりの唯一人……参上！　二原桃乃様‼

ぶっちぎるぜぇ……ってことで！　いったんこの場の仕切りは、うちに任せて‼」


そんな感じで——特撮番組『仮面ランナーボイス』の決め口上で、場を収めると。

二原さんは結花を連れて、リビングから出ていった。

そして残されたのは……俺とマサの二人。


「はぁ……マジで驚いたぜ。ゆうな姫一筋だった遊一に、三次元の彼女ができたと思ったら、まさかの中の人とかよ……ようやく呑《の》み込めたぜ」

「いやいや。お前、納得すんの早すぎるだろ。俺がお前の立場だったら、丸一日は混乱してると思うんだけど」

「そうか？　俺にとっては、むしろ——和泉ゆうなちゃんが彼女ですって言われた方が、しっくりきたけどな」

…………いや、そんなはずなくない？

悪友の彼女が、その悪友の推しキャラの声優だったたって話だぞ？

現実感なさすぎて、ツッコミどころ満載じゃねーか。

「だってよ。来夢《らいむ》とのことがあってから、ずっと――三次元との恋愛を避けてきた遊一に、彼女ができたんだぜ。そんなの、生半可な女子じゃあ、務まんねぇだろ」

ふいにマサが、落ち着いた口調で言ってきた。

そして、ニカッと楽しそうに笑って。

「それにな。お前は『恋する死神』……ゆうな姫を誰よりも愛し続けてきた、最強のファンだろ。そんな『死神』が、ゆうな姫の中の人のハートを仕留めたんだぜ？　それってなんか――夢があるじゃねーか」

そんな風に、一点の曇りもない笑顔を向けてくるマサを見て。

俺はなんだか――背負っていた重荷をおろせたような。

そんな気がした。

「……高二に入ってすぐから、だったんだけどさ。今までマサに、伝えられなくって……ごめん」

「別に謝るようなことじゃねぇよ。長い付き合いだから、分かってるっての。来夢とのことがあってから、自分の深い話をするの避けてたもんな。遊一は」

「ああ。だけど、これからは——自分の過去と向き合っていこうって、思ってるから。だから今日こそ、ちゃんと説明するよ……マサ」

「ああ。ちゃんと最初っから最後まで聞かせてもらうぜ？　今のところ、彼女が和泉ゆうなちゃんだってことしか、分かってねーからな。馴れ初めとかそういうのを——」

「——じゃーんっ！　お待たせしましたぁ‼　皆さん……こんにちアリス！」


男同士で、しっとりとした話をしていた、そんなとき。

リビングのドアが勢いよく開いて、一人の少女が入ってきた。

——それはまさに、天使そのものだった。

頭頂部でツインテールに結った、茶色い髪。

猫のようにきゅるんっとさせた口元。

ピンクのワンピースドレスに、黒のサイハイソックスの合わせ技は、絶対領域という最強の力を解放していて……。

「って⁉　なんで和泉ゆうなモードに着替えてきてんの⁉」

「まぁまぁお客さん……ここの仕切りは、うちに任せなって」

和泉ゆうなの格好をした結花に続いて、得意げな顔で入室してきた二原さん。

何をする気なの、この特撮ギャルは？

「はい、ゆうなちゃん……セリフをどーぞっ！」

「どうもです！　私は和泉ゆうな──『アリステ』で、ゆうなの声優やってますっ‼　それと、実はね……そこにいる佐方遊一くんの、『許嫁《いいなずけ》』なんだっ！」

すごい普通のテンションで。

結花がとんでもない殺傷能力の爆弾を、放り投げてきた。

「い……いい……な、ずけ……？　『五分割された許嫁』で有名な、あの……？」

「うんっ！　私は、遊《ゆう》くんの彼女じゃなくって……ふへへっ。遊くんと将来を約束しあった、許嫁なのでーす！」

「…………………まじで？」

口から魂でも出ちゃったみたいに、マサは腕をだらんとして呆《ほう》けてしまった。

まぁ当たり前だけど。

「ストップストップ！　流れを無視して急な爆弾発言して、どうする気なの二人とも⁉」

「ちっちっちっ……甘いね、佐方。番組作りには、インパクト先行っていう手法もあるわけよ。ライブ感を出して、まずは視聴者の心をがっちりキャッチってね！」

「だから特撮で現実を捉えるのやめなって!?　もう特撮病の域だよ、それ！」

なんて、俺と二原さんが言い合いをしている間に。

和泉ゆうなこと結花は、呆けているマサの前に立つと。


――ポケットから取り出した、眼鏡を掛けて。

ウィッグを脱ぎ、ささっと自身の黒髪をポニーテールに結った。

そう、これで……あっという間に和泉ゆうなは、学校のお堅い綿苗結花に、早変わり。


「わ、わわわわ……綿苗さん!?　綿苗さんが和泉ゆうなちゃんで!?　和泉ゆうなちゃんが、遊一の許嫁で？　俺があいつで、あいつが俺で……俺は、らんむ様……!?」

ちげーよ。どんな狂った計算式で算出したんだよ。

あぁ、なんでこんなことに……。

俺は順を追って、マサに結花との関係を説明しようと思ってたのに。

許嫁とギャルの暴走のおかげで、マサへの真実告知は――カオスすぎる結果になったのだった。

第9話　眼鏡とポニーテール以上に、巫女《みこ》服に合う組み合わせってある？

三学期の始業式が終わった後、我が家にやって来た二原《にはら》さんとマサ。

ちょっとした行き違いから、一時的に混乱を呈したけれど。

最終的には……俺の許嫁が、綿苗結花《わたなえゆうか》で和泉《いずみ》ゆうなだってこととか。

俺と結花の馴れ初めは、親同士が勝手に決めた結婚話なんだとか。

概《おおむ》ねの事情は、マサに伝え終わった。


「はぁ－……なるほどなぁ。学校ではお堅い綿苗さんが、家では明るい美少女で。しかも、声優の和泉ゆうなちゃんでもあって。そんな綿苗さんと遊一《ゆういち》は、ある日親同士が決めた結婚話から許嫁関係になって。今では同棲《どうせい》生活を送ってる……と」

俺たちの説明を、言葉に出して反芻《はんすう》したかと思うと。

――マサは俺の襟元を掴《つか》んで、ガクガク揺すりはじめた。

「なんだ、そのギャルゲーの設定みたいな話は⁉　現実は小説より奇なりっつったって、限度があるだろ限度が！」

「……そう思うよな。俺も逆の立場なら、そう言うと思う」

身体《からだ》を前後に揺らされながら、俺は悟りを開いた人みたいな気持ちになる。

改めて考えても、非現実的で非常識な話だけど……現実なんだから仕方ない。

「まま、倉井《くらい》。それくらいにしときなってぇ。佐方《さかた》をシェイクしたとこで、状況が変わるわけじゃないしさ？」

「……まぁ、そりゃあそうなんだけどよ」

二原さんにそう言われると、マリは俺の襟元から手を放す。

そして、深くため息を吐《つ》いてから──ぼやくように言った。

「水くさすぎんだよ、遊一は。ややこしい経緯があったのは分かったけどよ。二原も知ってたんなら、俺にも早く教えてくれりゃよかったのに」

「……それについては、ごめん。『アリステ』ガチ勢のマサだからこそ、俺が和泉ゆうなと婚約してるって──言い出しづらかった」

「馬鹿だな、お前は」

吐き捨てるようにそう言うと──マサは俺の頭を軽くはたく。

それからマサは、まっすぐに拳を突き出すと。

……こつんと、俺の胸に当てた。

「もっと友達を信じろ。お前が誰と付き合おうが、どんな黒歴史を作ろうが、俺には関係ないから。そんな簡単に縁が切れるほど、浅い関係じゃねーだろ俺たちは？」

「……そうだな。本当にごめんな、マサ」

そう言って俺も、まっすぐに拳を突き出して――こつんと、マサの胸に当てた。

「これからはもう、隠し事はしない」

「当たり前だっつーの。馬鹿」

ぶっきらぼうに言いながらも、嬉《うれ》しそうに笑ってくれるマサ。

そんなマサを見て、なんだか俺まで頬が緩んでしまう。

そんな様子を見ていた結花は、パチパチと拍手をしはじめる。

「いいね、男同士の友情……すっごく、いい！　見てるこっちまで、もえるなぁー」

「……今、萌《も》えるって言った？　ひょっとしてBL的なこと、言ってる？」

「……チガウヨー？　ファイヤー的な意味の、もえるダヨー？」

図星か。

結花がそういう方面のジャンルまで、カバーしてるのは知ってるけどね？

さすがに俺をBL時空に巻き込むのはやめようか？

「しっかし……意外だなぁ。綿苗さんも、割とガチなオタクなのか」

あらぬことで目をキラキラさせた結花を見て、マサは呟《つぶや》いた。

それに対して、結花はおどおどしながらも、答える。

「う……うん。『五分割された許嫁』も好きだし、今期のアニメもそれなりに見てるし。BLも……ちょびっと。と、とにかくね？　マンガもアニメも、私──大好きなのっ‼」

「んで、うちは特撮番組が、めっちゃ好き！　ちなみに今一番熱いのは、最終決戦を目前に控えた『花見軍団マンカイジャー』‼」

なんか流れに乗じて、二原さんまでカミングアウトしてきた。

そんな彼女の横顔を見ながら……何度か語ってくれた二原さんの信条を、思い出す。

たとえ友達でも、冗談だったとしても、愛する特撮番組を馬鹿にされるのは許せない。

だから、特撮も友達も大事にするために──自分の趣味は秘密にする。

そんな信念を持つ二原さんがカミングアウトしたのは、マサが人の推しを馬鹿にするような奴《やつ》じゃないって、信用してるからなんだと思う。

でも……それだけじゃなくって。結花が一歩を踏み出したからこそ。

二原さんも一歩踏み出す勇気が湧いたんじゃないかって──そんな気がするんだ。

「おー、マジかよ！　二人とも熱量たけぇな‼　ちなみに俺は――『ラブアイドルドリーム！　アリスステージ☆』を狂おしいほど愛してるぜ！　そして永遠に、らんむ様を愛し続けてみせる‼」

そしてマサは、二人のカミングアウトに引くことなんて、一切なかった。


お互いがお互いの『好き』を認め合って、心から打ち解ける。

簡単なようで難しい、そんなことを――俺たち四人は、ようやくできたんだと思う。


「そうだ、倉井くんはらんむ先輩推しなんだもんねー。パフォーマンスも、普段の立ち振る舞いも、らんむ先輩って本当に格好いいもんねっ‼」

「――‼　そ、そうか……綿苗さん、らんむ先輩と『ゆら革』組んでるってことになるのか……やべぇな。ち、ちなみにらんむ様のサインって、もらえないんですかね⁉」

「そういうのは、だめでーす。っていうか、私も声優なんですけどー？　私をスルーしてらんむ先輩のサインだけねだるとか、失礼じゃんよ‼」

「まーまー、結《ゆう》ちゃん。倉井は推しが違うけど。結ちゃんを一途《いちず》に応援してきたファンなら、そこにいるっしょ？」

「……ふへへっ！　遊《ゆう》くん、大好きっ‼」

「ちょっ……結花！　駄目だから‼　テンション上がったからって、人前で抱きついてくるのは――」

「おい遊一……友達を信じろとは、言ったけどよ？　目の前でいちゃラブカップルぶりを見せつけていいとは、言ってねぇからな！　このリア充めぇぇぇぇ‼」


そんな感じで、最終的には俺がマサからヘッドロックを掛けられる羽目になったけど。

二原さんやマサから、ちょっとからかわれたりもしたけど。

中三のときとは違って、みんなで――笑って話すことが、できたんだ。

◆

四人で色んなことを打ち明けあった後、俺たちは近所の神社に来た。

元日に二人で初詣は済ませてたんだけど、結花が「桃《もも》ちゃんたちとも初詣行きたい！」って譲らなかったからね。二回目のお参りは、もう初詣じゃない気がするけど。

「おー！　結ちゃん、めっちゃ似合ってる‼　もうこんなん、本物の巫女っしょ！」

「そ、そうかな……」

今日から新学期ってタイミングなのもあって、閑散としている近所の神社。

そんな神社の境内で、結花は恥ずかしそうに上目遣いに俺を見ている。

眼鏡越しだからつり目っぽくなってはいるけど、甘えた表情だからか、いつもほどお堅い印象はしない。

「ど、どうかな遊くん……私の、巫女姿」


眼鏡&ポニーテールという学校仕様に加えて。

神社の巫女さんに、巫女服を着付けてもらった――シン・学校結花。

「おい、遊一。気の利《き》いたセリフでも言えよ。ゲームだったらお前、無言を選択した時点でフラグ折れるからな？」

「茶化すな、馬鹿」

隣から軽口を叩《たた》いてくるマサをいなしつつ、俺は「似合ってるよ」と小声で答えた。

それを聞いた結花は、眼鏡の下で目を細めて「ふへへへっ。遊くんに褒められちゃった♪」と、嬉しそうに身を揺らす。

「ってか、巫女のおねーさん。うちはなんで、巫女服着せてもらえないんすか？」

「ごめんなさいね。うちの神社でやってる巫女体験、茶髪はＮＧなんです。体験とは言っても、神様の手前ですので……」

「マジかぁ。勇海《いさみ》くんにウィッグとか借りれば、ワンチャンあったかなぁ……」

残念そうにぼやいてる二原さん。

髪の毛の問題だけじゃなく、そのギャルギャルしい振る舞いじゃ、巫女との親和性ゼロでしょ……普通に。


ここの神社では普段から、巫女体験を開催しているらしい。

本物の巫女と同じように、白衣と緋袴《ひばかま》に着替えて、本物の巫女さんに指導されながら巫女の所作を体験するというもの。

そんな巫女体験という催しを見つけた結花と二原さんは、二人で盛り上がって。

参拝客が少ないこともあって、本物の巫女さんがすぐに着付けをしてくれて……巫女巫《みこみ》女《こ》な結花が出来上がったってわけだ。

派手な髪型はお断りってことで、二原さんは見てるだけになっちゃったけど。

「では、こちらを」

本物の巫女《みこ》さんから玉串を差し出され、結花は仰々しくそれを受け取った。

いつもの結花だったら、テンパりが顔に出ちゃいそうだけど……今は学校仕様と同じ、眼鏡&ポニーテール。

眼鏡という『拘束具』を身に纏《まと》うことで、結花は表情を抑えて、淡々とした対応をすることができるんだ。

……あの眼鏡、不思議な力でも宿ってんのかな？　今さらだけど。

「結ちゃん、めっちゃ綺麗《きれい》……やば、なんかうち、ドキドキしてきたんだけど」

「眼鏡をしてると、普段の綿苗さんって感じだな。これが声優になると和泉ゆうなちゃんに、家だとあのニコニコした綿苗さんに変わんのか……すげぇな」

二原さんとマサが、それぞれ思ったことを口にしてる。

一方の結花は、まず神社でしかお目に掛からない、振り鈴を手渡されていた。

そして、俺たち三人が正座で待機しているところに近づいてくると――。

無表情のまま、ギロッとこちらを見下ろしてきた。

「えっと……ガンをつける巫女さんとか、初めて見たんだけど？」

「神様の御前です。静粛にして、佐方くん」

巫女さんが神様の御前で睨《にら》みきかせる方が、どうかと思うよ。

まぁ多分、緊張しちゃって表情が硬くなってるだけなんだろうけどね。結花の場合。

――シャンシャンシャン。

俺たちの頭上で、結花が鈴を振る。

「らんむ様と結婚できますように、らんむ様と結婚できますように、らんむ様と――」

「……流れ星じゃないからな？　バチが当たるぞ、お前」

阿呆《あほう》なことを口にしているマサをたしなめて。

ふいに――反対隣に座っている二原さんの方に、視線を向ける。

二原さんは正座をして、膝に手を乗せたまま、静かに瞑目《めいもく》していた。

――普段の明るく陽気な二原さんからは考えられないような、真剣なお祈り。

「……どうだったかしら、みんな」

持っていた鈴をゆっくりおろして、結花が小首を傾《かし》げる。

「うん。本物の巫女さんみたいだったよ、結花」

「……ふへへ……ごほん！　ありがとう、佐方くん」

神様の御前で一瞬、だらけた顔をした巫女さんがいた気がする。

そんなやり取りをしてると、二原さんがおもむろに目を開けて、結花に笑い掛けた。

「結ちゃん、最っ高に素敵だったよ！　めっちゃご利益《りやく》あるっしょ、絶対ね‼」

「ふふーん♪　お掃除、お掃除ー♪」

「あの……掃き掃除中の鼻唄は、控えていただけますと」

「あ……ご、ごめんなさいっ！」

緊張の糸が解《ほど》けたのか、神様の御前で無邪気に鼻唄を歌ってるのを注意された結花。

眼鏡姿のまま「あちゃー」って顔で反省してる結花は、なんだか新鮮で。

それだけこのメンバーに対して、結花が気を許してるんだなって感じる。

――中学時代の苦い経験から、人とのコミュニケーションに苦手意識を持ち続けていた結花。

だけど、文化祭、修学旅行、二学期末の打ち上げ――色んな場面で頑張ったことで。

少しずつ素が出せるようになってきたんだなって、そう思う。

そんな風にどんどん前に進んでいく結花を見て……俺はふっと、結花のお父さんに言われた言葉を思い返す。

――遊一くん。結花が君からもらっているものは、なんだね？

……そうだよ。

その問いに答えられるよう、俺自身も過去を乗り越えていくって、そう誓ったんだ。

『夫』として、結花と一緒に――前に進んでいくために。

「なぁにぃ、佐方？　テンション低いけど、ひょっとしておっぱいタイム？　うちの胸に顔でも埋《うず》めちゃう？」

当たり前みたいに、とんでもない軽口を叩いてくる二原さん。

だけど俺は、いつもみたいに軽口で返答はしない。

――俺にとって、一番乗り越えなきゃいけない過去は、中三のあの日のことだ。

そこから目を背けたままじゃ、俺はきっといつまで経《た》っても、結花のお父さんの質問に答えられない。

だからこそ思いきって、俺は二原さんに向かって言った。

「ねぇ、二原さん。二原さんから見てさ、来夢《らいむ》はあのとき……なんで俺をフッたなんて噂《うわさ》、広めたんだと思う？」

――――俺の言葉を聞いた二原さんが、驚いたように目を見開いた。

そして、さっきまでヘラヘラ笑ってたのが嘘《うそ》みたいに。

二原さんは……今にも泣き出しそうな表情になる。

「……え？　二原さん？」

「そだよね。佐方からしたら……そう思うし、ずっと苦しんできたに決まってるよね」

「おい。なんでお前ら、そんな深刻な空気になってんの？」

そんな微妙な雰囲気になってる俺たちのところに、マサが怪訝《けげん》な顔で近づいてきた。

その後ろには、掃除を終えたらしい巫女姿の結花もいる。

「桃ちゃん、大丈夫？　なんだか……辛《つら》そうな顔、してない？」

「……ありがと、結ちゃん。うちが勝手にこうなっただけだから。佐方はなんもしてないんだ……本当に、なんもしてないから」

え、何その言い方？　説明するんなら、ちゃんと説明して二原さん⁉

見てよ。そんな微妙な濁し方したもんだから、二人の様子が……。

「……遊一。お前、やってんな？」

「何をだよ⁉　なんもしてねぇよ！」

「……ひょっとして、おっぱいに関係する？　するんでしょー、遊くんってばー‼」

「関係ない、言い掛かりだから‼　だからお願い結花、悔しそうな顔をしながら胸を押し付けてくんのやめて！　神様が見てるよ⁉」

突如発生した冤罪《えんざい》によって、マサと結花から、わちゃわちゃと言われる俺。

――そんな俺たちのことを、じっと見守りながら。

二原さんは、悲しそうに眉尻を下げたまま、微笑《ほほえ》んだ。

「……佐方さぁ。さっきの話だけど……『なんで』ってのは、答えを聞きたいってことでいいんだよね？」

らしくない二原さんの様子に戸惑いながらも、俺はゆっくりと首を縦に振る。

「ああ。いつまでも黒歴史から逃げてるわけにはいかないなって、思うから」

「そっか……おっけー、分かった」

そして、二原さんもまた頷《うなず》いて――上擦った声で言った。

「ま、うちもそろそろ……『秘密』にしてんの、きつくなっちゃってたしね」

第10話 【解禁】特撮系ギャルが抱えてたものを、打ち明けるらしい

——ま、うちもそろそろ……『秘密』にしてんの、きつくなっちゃってたしね。

いつもはめちゃくちゃ陽キャな振る舞いをしてるか、特撮語りをしてるかの二択な二原《にはら》さんが放った、珍しい弱音。

それを受けて、俺・結花《ゆうか》・二原さん・マサの四人は。

結花の巫女体験が終わった後、近所のファストフード店に来ていた。

「そっかぁ。遊《ゆう》くんがなんかしたんじゃなくって。中三のときのことを思い出して、桃《もも》ちゃんが辛くなっちゃったってことだったんだね」

結花は眼鏡をテーブルに置いて、ポニーテールに結っていた髪をほどいた。

ふぁさっと長い黒髪がストレートに流れ落ちて、家結花に早変わり。

そんな結花の隣で、二原さんは俯《うつむ》いたまま、手も使わずにストローを咥《くわ》えてシェーキを飲んでいる。

「遊くん、ごめんね……おっぱい関係と勘違いしてワーッてしちゃいました……しゅん」

「大丈夫だよ、分かってくれたんなら」

「……おっぱい。綿苗《わたなえ》さんの口から、おっぱい」

そんな場の空気を、ＴＮＴ爆弾でぶっ壊すような勢いで。

マサが阿呆なことを口走りだした。

「……あくまでも、シチュエーションとしての話だぜ？　ゲームとかアニメのキャラでよ、真面目でお堅そうな性格をした……そうだな、眼鏡っ子にしようか。そんな真面目系眼鏡っ子が、顔を真っ赤にして『おっぱい』って言ったら……どうだ遊一《ゆういち》？」

「お前、真剣な顔でなに言ってんの？」

「萌《も》えるだろ？　そんなの……ギャップ萌えしちまうじゃねぇか……っ‼」

「マサ、マサ。そろそろハンバーガーで殴るぞ？」

「っていうか、セクハラ！　これ、私へのセクハラじゃんよ‼　遊くん、許嫁《いいなずけ》がセクハラ被害に遭ってますよー‼　おまわりさーん、ここですよー‼」

「ちょっ⁉　綿苗さん、落ち着いて！　俺が悪かったから‼　そんな大きな声を出されたら、他の客に通報されちまうって！」

「もぉ！　私にえっちなことを言っていいのは、遊くんだけなんだからねっ！　倉井《くらい》くんは禁止‼」

「遊一はいいのかよ⁉　許嫁ってすげーな⁉」

結花がマサを指差しながら、わーわー大騒ぎしてる。

マサはマサで、目を見開いてわーわー大騒ぎしてる。

そんな空気に当てられたんだろう……二原さんはぷっと噴き出した。

「あははっ！　もー、みんなして何やってんのさ。そんなんされたら、一人で落ちてるうちが、馬鹿みたいっしょ」

そうしてひとしきり、ケラケラと笑ってから。

二原さんは滲《にじ》んだ涙を指先で拭って——いつもどおりの笑顔に戻った。

「マジでごめん。ちょーっと、うち的に思うところがあったかんさ……なんか、らしくないモード入っちゃった」

「……桃ちゃん」

照れ隠しに舌を出す二原さんをじっと見つめながら。

結花はふいに、彼女の茶色く染まった髪に、手を置いた。

そして——よしよしと。

子どもを落ち着かせるときみたいに、優しく二原さんの頭を撫《な》でる結花。

「結《ゆう》ちゃん……なんか、はずい」

「えへへっ、いいじゃんよー。桃ちゃんのこと、なでなでしたくなっちゃったんだもん」

それからしばらく、結花に撫でられるがままになった後。

ちょこんと席に座り直した結花に笑い掛けてから――二原さんは穏やかな口調で、俺に尋ねてきた。

「佐方《さかた》はさ。中三の冬に告って、来夢《らいむ》にフラれて。その後に……なんで来夢が噂を広めたんだろって。それが引っ掛かってるってことで……いーの？」

――なんで来夢が、噂を広めたのか。

改めて人から言われると、喉の奥に手を突っ込まれでもしたように、息苦しくなる。

だけど……グッと堪《こら》えて。

「ああ。知ってるんなら、教えてくれ。二原さん」

「おい、遊一。なんでそんな、古傷を抉《えぐ》るようなこと、わざわざすんだよ？」

俺と二原さんの会話に、マサが少し早口で割って入ってくる。

いつもヘラヘラしているマサにしては珍しい、本気の表情。

「いいじゃねぇかよ。お前にはもう、綿苗さんっていう相手がいるんだろ？　これ以上苦しまないように、お前……ずっとそういう話は避けてきたじゃねーか。今さら来夢のことなんか、掘り返さなくたって……いいだろ」

「マサ。ありがとな、心配してくれて」

そんな悪友の肩に、俺はポンッと手を置く。

「マサも知ってのとおり、あのときから俺は――三次元女子との恋愛を避けてきた」

「……だけど、今のお前には綿苗さんがいる」

「ああ。確かに俺は、結花と婚約して、一緒に暮らしてる。結花はいつも笑顔で、いつも一生懸命で――確かに楽しい毎日を過ごせてはいるよ」

いったん言葉を句切って、呼吸を整えて。

それから俺は……すべてを吐き出すように、言った。


「だけど、心のどこかで、また傷ついたらどうしようって……そんな風に、三次元女子との恋愛にビビってる自分も、まだいるんだ。そんなんじゃ許嫁として、失格だろ？　だから俺は――自分の過去とちゃんと向き合わなきゃいけないって思うんだ。これから結花と、前に進んでいくために」


「……ふ……ふぇ……ふへ……ふー……」

なんか結花が、口を噤《つぐ》んだまま、ぷるぷる震えはじめた。

我慢してるんだろうけど、変な声が漏れてるから。全然、ふへふへしそうな気持ち、我慢しきれてないから。

「――ん、佐方の気持ちは分かったよ。あんときの真実を知って、過去を終わりにしたいって……そーいうことっしょ？　さっきも言ったけど、うちも『秘密』抱えてんの、さすがにしんどくなってたから……そろそろ頃合いなのかもね」

「……ふへぃ……ふっ……ふー……」

結花、結花。

お願いだから、もう「ふへー」ってして？　めっちゃ気が散るから。

「ところで、二原さん。さっきから気になってたんだけど……『秘密』って、一体なんのことなの？」

「それを話すには一個だけ、お願いしないといけないことがあんだよね――結ちゃんに」

「…………ふへー!?　わ、私？」

びっくりと同時に、溜《た》め込んでた「ふへー」を吐き出す結花。

そんな結花を見て、二原さんはちょっとだけリラックスしたように笑う。

「私にお願いって、どういうこと桃ちゃん？」

「うちってさ……こんな感じだけど。約束とか義理は、ちゃんと守るタイプなわけよ」

「それは知ってるよ！　桃ちゃんはとっても優しくて、とっても他人思いな、素敵な子だもん。けど、それと私にどんな関係が――」

「約束がある以上さ、うちから勝手に『秘密』を暴露ってのは、さすがに違うと思うわけ。そーいう話をするんなら、『秘密』をお願いしてきた本人から……きちんと伝えてもらわなきゃって」

「……『秘密』をお願いしてきた、本人？」

持って回った言い方をする二原さんに、俺は首を傾《かし》げる。

そんな俺をちらっと見てから、二原さんは言った。

「そ。あのときのことで、うちは来夢から――『秘密』にしてほしいって頼まれてることが、あるんだ」


――来夢が、二原さんに頼んでいた『秘密』？

その言葉を聞いて、俺は背中がぞくぞくっとするのを感じた。

そんな俺の手を、結花が心配そうにギュッと握ってくる。

そして二原さんは……結花に向かって、深々と頭を下げた。

「だからうちは、佐方の許嫁の結ちゃんに――先にお願いしとかないと、いけないいんだよ。『秘密』を伝える場に、来夢本人を……同席させてほしいって」

◆

『けっ。やっぱ二原ちゃん、あの淫魔と繋《つな》がってたんじゃん』

ファストフード店で解散して、結花と二人で家に帰ってきてから。

俺はリビングのソファに寝転がって、ボーッとRINEを打っていた。

RINEの相手は、愛すべき愚妹の那由《なゆ》。

『繋がってるっていうと語弊があるだろ。高校になってからは、来夢とやり取りしてなかったって言ってたから』

『でも、これまでずっと、あの淫魔の命令を忠実に守ってたんでしょ？　だったらやっぱ、あたしが最初に推理したの、当たってたってことだし』

確かに那由は、二原さんと仲良くなる前――二原さんは来夢の手先だとか、陽キャなギャルが俺に近づくのは裏があるだとか、そんなことを言ってたっけな。

だけど……。

『お前の推理が一部当たってたのは、認めるけどさ。二原さんが裏で来夢と繋がって、何か悪意を持った行動をしてたとか、お前だって思ってないだろ？』

『……そりゃ、まぁ。あたしだって二原ちゃん好きだし、今さら裏があるとか疑ってないけど。でも、もやっとはするっしょ。あー、うざ……全部、野々花《ののはな》来夢の仕業だし』

「遊くーんっ！　うにゃー‼」

――そんなRINEのやり取りをしていた、俺に向かって。

結花が思いきりよく、のし掛かってきた。

その拍子に手が滑って、スマホをカーペットの上に落としてしまう。

「結花、一体どうしたの――って、何その格好⁉」

結花に視線を向けたところで、俺はびっくりして声を上げてしまった。

だって結花……バスタオルを身体《からだ》に巻いてるだけで、服とか着てないんだもの。

すべすべの肌をした肩。綺麗《きれい》な鎖骨。ほっそりとした腕。

それに、バスタオルから零《こぼ》れている、胸の上のあたり。

……いくらなんでも目に毒すぎて、おかしくなりそう。

「と、取りあえず服を着よっか、結花？」

「やだ」

「なんで!?　即答で断る意味が分かんないんだけど!?」

「やーでーすー。だってこれから、わ、私は……遊くんと、一緒にお風呂《ふろ》に入るんだもんねーだっ！　ほら、遊くんも服、ぬーいでっ‼」

「ぎゃあああ!?　なんで服を脱がそうとすんの!?　やめて、やめて‼」

俺のTシャツをまくり上げようとする結花に、俺は身をよじって反抗した。

それが気に入らないのか、結花はぷくーっと頰を膨らませて、駄々っ子みたいに騒ぐ。

「やーだー、遊くんも脱がなきゃ、やーだー！　二人で裸の付き合いするのー！　お風呂に入って、二人でぺったりすーるーのー‼」

「えっと。自分が何を言ってんのか、分かってる結花？」

「……駄目なの？」

「駄目です」

「……じゃあ、えっちなことなら、してくれる？」

「馬鹿なの!?」

正気の沙汰とは思えない発言を連発する結花。

俺は全力で身をよじって結花の下から抜け出すと……取りあえず結花をソファに座らせて、その隣に腰掛けた。

バスタオル一枚を巻きつけたまま、結花は俺のことを上目遣いに睨《にら》んでる。

「……ぶー。くれーむだよ、こんなの……うったえちゃうもんねーだ‼」

「裁判官もびっくりだよ、こんな珍事件……一応確認するけど。結花は、ひょっとして……痴女に目覚めたの？」

「目覚めてないよ⁉　ばーかばーか、遊くんのウルトラばーか！　私だって恥ずかしいに決まってるじゃんよ‼　恥ずかしいし、はしたないって思ってるけど……ちょびっと不安だから、頑張ったんだもん」

不安？

その言葉を聞いて、俺は……ようやく結花の行動に、合点《がてん》がいった。

――『秘密』を伝える場に、来夢本人を……同席させてほしい。

そんな二原さんの言葉に、笑顔で「うん！　遊くんを信じてるから大丈夫！」なんて、即答した結花だけど。

そうだよな……そんなの、結花からすれば、いい気はしないよな。

「ごめんね結花。結花が嫌なら、今からでも二原さんに断りの連絡を……」

「違うの！　遊くんのことは信じてるし、来夢さんと会うのだって反対してないし……それで遊くんが、辛《つら》かった過去を整理できるんなら、会った方がいいって。本気でそう思ってるんだよ？」

でもね、と。

バスタオルしか身に纏《まと》っていない格好のまま、結花はギュッと、俺に抱きついてきた。

過激な格好にドキドキしつつ——俺は結花のことを受け止める。

「……やっぱり、ちょびっとだけ不安だから。遊くんに、甘やかされたかっただけなの。ごめんね……わがままな許嫁《いいなずけ》で」

「そんなことないって。好きなだけ甘えていいし、わがままだって言ってかまわないよ。それで結花が、いつもみたいに笑顔でいられるんだったら」

「……えへへっ。遊くんは、いつも優しいなぁ。ありがとね、遊くん！　今日も明日も明後日《あさって》も、ずーっと……だーいすき」

それから俺と結花は、深夜遅くまで。

一緒にアニメを観《み》たり、お菓子を食べつつ喋《しゃべ》ったり、頭を撫《な》であったりして過ごした。

そして――翌週の土曜日。

俺と結花は、二原さんと約束をした駅の改札前に、やってきた。


「よぉ、遊一。綿苗さんも」

駅の改札を出たところに立っていたのは、私服姿のマサだった。

「休みの日だってのに、わざわざ来てくれてありがとうな。マサ」

「別に頼まれたわけじゃねーし、俺が勝手にまぜてもらっただけだから、気にすんな。乗りかかった船ってやつだ」

ニカッと笑って格好をつけたセリフを吐く悪友に、俺は思わず笑ってしまう。

そして、次の電車から降りてきた二原さんが――俺たちと合流する。

腰元をキュッと絞った白いチュニックに、デニムのショートパンツ。

百合《ゆり》の花みたいな飾りのついたペンダント。

ああ、前にも見たなこの私服――『花見軍団マンカイジャー』のマンカイリリーが普段着てるやつ。

「それじゃ、来夢が待ってるから……行こっか」

駅から二分ほど歩いて、俺たち四人はローカルな喫茶店の前に辿《たど》り着《つ》いた。

いつぞや、結花と買い物をした後に、一度だけ来たことがあったたっけな。

――――喫茶『ライムライト』。

来夢の親が経営してる、こぢんまりとした喫茶店だ。

「それじゃあ、遊くん。いってらっしゃい！」

ここまで一緒に来てくれた結花だけど、さすがに面識のない来夢と会うのは気が引けるってことで……近くのファミレスで待ってるつもりらしい。

「結花、行ってくるね。少しだけ……待ってて」

「うんっ！　待ってるね、遊くんっ‼」

笑顔で挨拶を交わしあってから、俺は結花に背を向けた。

息苦しくなる感覚を抑えつつ……俺はまっすぐに、喫茶『ライムライト』を見つめる。


これから俺たち三人は、来夢と会う。

会って、すべてを明らかにするんだ。

中三の冬、俺と来夢の間に起きた出来事の――真実を。

☆黄色いゼラニウムが咲いてる☆

遊《ゆう》くんたちがお店の中に消えるまで、私はずーっと手を振って、見送ってました。

それから、パタンッとドアが閉まったところで。

はぁ〜〜……って、思いっきりため息を吐き出しちゃいました。

「……帰ったら、思いっきり甘えちゃうんだからね。遊くんの、ばーか」

遊くんが悪いなんて、これっぽっちも思ってないけど。

遊くんが前に進めるかもなチャンスをくれて、桃《もも》ちゃんにも感謝なんだけど。

どーしても……理不尽な焼きもちさんになっちゃうんだよね。

私ってば、独占欲強いのかもなぁ。

でも、後で甘やかしてくれるなら我慢できるし——これくらいの焼きもちだったら、いいじゃんね？

そんな感じで、自分の中で気持ちを整理して。

「遊くん、頑張ってね！」の念を、うにゃーっと喫茶店に向かって送ってから。

私はファミレスで時間を潰そうって、踵《きびす》を返《かえ》しました。

「あれ？　お茶して行かないんですか？」

――そこに立ってたのは。

栗毛《くりげ》色のショートボブの、ほわっとした雰囲気の女の子。

私と同い年くらいかな？　目がくりっとして大きくて、すっごく可愛《かわい》い……。

「あ。いきなり話し掛けちゃってごめんなさいね？　でも、ここの喫茶店のコーヒー、とってもおいしいんです。他のお店に行ったら、もったいないですよー？」

「え、えっと……そうなんですね。ど、どうしよっかなー……」

うう、勧められちゃうと弱いんだけど……中では遊くんたちが、来夢《らいむ》さんと話してるだろうしなぁ。なんか私が入るのは、ちょっと気が引けちゃう……。

「あれ？　なんだか勧めちゃまずい感じでした？　さっき入ったお客さんたちに手を振ってたから、てっきりお友達なのかなーって思ったんですけど」

「い、いえ。友達は友達なんですけどね？　ちょーっと入りづらいっていうか……」

「っていうか、眼鏡をしてなかった方の男の人、彼氏さんですよね？」

「はい、そうですっ！」

あ……やっちゃった。

コミュニケーションが下手《へた》っぴすぎて、つい口が滑っちゃうんだよね……知らない人だからって、よくないぞ私。

「やっぱりー。お似合いな感じだったんで、そうだと思いましたよー」

「お似合いですか、私たち⁉」

あ……またやっちゃった。

内心凹《へこ》んじゃう私だけど、その子は楽しそうに「あははー」って笑ってる。

「よっぽど彼氏さんのことが好きなんですね。どんなところが好きなんですー？」

「え、えーっと……すごく優しい人、なんです。私が辛いときとか、泣きそうなとき、何も言わなくっても頭を撫でてくれたり……そうじゃないときは、一緒に笑ってくれたり」

「うんうん」

「……そんな素敵な人なんですけどね。なんだか心の奥の方に、『寂しい子ども』がいる気がするんです」

「寂しい子ども？」

「はい。これまでいっぱい辛いことを経験して、それでもいっぱい頑張ってきた人だから――もっと甘えたかったよーって。ちっちゃい彼が、泣いてる気がするんです」

――遊くんの心の傷は、来夢さんのことだけじゃない。

クリスマスのとき、私の胸に顔を埋《うず》めて寝落ちた遊くん。

あのとき、思ったんだ。

遊くんの中には今でも……いなくなったお母さんに甘えたかった、ちっちゃな遊くんがいるんだって。

「そんな寂しい心を、癒《いや》してあげたいって思ってるの？」

さっきまでと同じトーンで、ショートボブの女の子は聞いてくる。

………なんだか不思議。

初めて会った人のはずなのに。普通の高校生って感じの女の子なのに。

なんで私――こんなに自分の気持ちを、話せるんだろう？

「はい、癒したいです。それで一緒に笑っていられたらいいなって……そう思うんです」

「優しいんだねー。あたしは、自分のことで精一杯だから――素直に格好いいと思う」

そう言って、彼女は朗らかに笑うと、私の手を取った。

そして私は、手を引かれるままにくるんっと回って――喫茶『ライムライト』の方に向き直る感じになっちゃった。

「ねぇ、よかったら一緒にお茶しませんか？　あなたの話、もっと聞きたいなーって」

「えっと、でも……」

「コーヒー奢《おご》っちゃいますよー？　あと、おいしいケーキもおまけしちゃいます」

「う、うーん……」

ここまで押されちゃうと、弱いんだよなぁ私って。

それに、私もなんだか……この人ともう少し、お話ししてみたいし。

「じゃあ、少しだけ……で、でも！　彼と離れた席じゃないと、ちょっと話しづらいなーって」

「うん、了解ー。それじゃあ、行きましょー」

そうして、お店に入ろうとしたところで。

私はお店の隅にひっそりと、黄色いゼラニウムが咲いてるのを見つけました。

……あれ、なんのマンガだったかな？

黄色いゼラニウムの花言葉が、物語の鍵になるシーンがあったんだよね。

それで覚えたんだよ。そう、確か花言葉は――。


――『予期せぬ出逢《であ》い』。

第11話　俺の黒歴史が、二年振りに目を覚ましたんだ

結花《ゆうか》に思いっきり手を振られながら、俺は二原《にはら》さんとマサと一緒に、喫茶『ライムライト』に入店した。

土曜日にもかかわらず、常連っぽいお客さんが二人、カウンター席に座ってるくらいで、チェーン系にありがちなガヤガヤした感じはない。

俺たちは窓際《まどぎわ》のテーブル席に座ると、取りあえずメニュー表を広げた。

そこに年配の女性店員さんが、人数分の水を運んできてくれる。

「いらっしゃいませ……あら？　桃乃《ももの》ちゃんじゃない」

途中から素に戻ったように、店員さんは声を上げた。

二原さんはちょっと気まずそうに、笑顔を作って。

「ご無沙汰してます、来夢《らいむ》のお母さん」

「本当に久しぶりねー。中学のときは、ときどき遊びに来てくれてたけど……そっか、もう二年も前なのね。綺麗《きれい》になっちゃって」

「あはは、ありがとうございます」

夏休み前、一度だけこの店に来たとき、俺と結花も会ったことがある。向こうはたった一回来ただけの客なんて、覚えてないだろうけど。

そう、この人は——喫茶『ライムライト』の店長、野々花《ののはな》さん。

野々花来夢のお母さんだ。

「んっと……来夢って、奥にいます？」

「来夢？　桃乃ちゃん、ひょっとして来夢と約束してるの？　もー、あの子ったら……そういうこと、全然教えてくれないんだから」

呆《あき》れたようにため息を漏らしつつ、来夢のお母さんはぼやいた。

「さっき、ふらっと出掛けていったのよね。約束してるんだったら、おとなしく待ってればいいのに」

「ただいまー」


そんな、本当に他愛《たあい》ない会話をしていたところに。

カランカランという、入店を知らせる鈴の音が鳴り響く。

視界に飛び込んできたのは——栗毛色のショートボブの少女だった。

くりっとした大きい瞳。少し太めの眉。

だぼだぼの黄緑色のスウェットは膝あたりまであり、そこからほっそりとした生脚が露《あら》わになっている。

多分ショートパンツでも穿《は》いてるんだろうけど、スウェットに隠れてしまっていて、パッと見では分からない。

そんなラフな格好をした、ほわっと和やかな雰囲気を纏《まと》った彼女は。

あの頃とまるで変わらない——野々花来夢、その人だった。

「ごめん桃乃ー。お店の前で話し込んでたら、遅れちゃった」

あっけらかんとした態度でそう言うと。

来夢はくいっと手を引いて——もう一人、店内に招き入れた。

「————⁉　結花⁉」

思いがけない光景に、俺はつい大きな声を出してしまう。

だって、来夢が招き入れた彼女は。

紛れもない、俺の許嫁《いいなずけ》——綿苗《わたなえ》結花だったんだから。

「わっ⁉　えーっと……ワタシは結花ではないデース。人違いデース」

「変な語尾つけても無理だよ⁉　どういう状況なの、結花⁉」

「……来夢。あんた、なんで結《ゆう》ちゃんと一緒に入ってきてんのさ？」

「んー？　なんで、かぁ……そうだねぇ」

にこやかな表情を崩すことなく。

来夢はポンッと両手を合わせて、なんでもないことのように言った。

「せっかくの機会だし、どうせなら遊一《ゆういち》の彼女さんも一緒に話せた方がいいかなーって思ったから……かな？」


――――遊一の彼女さん。

二年振りに会った来夢が、当たり前のようにそう言ったことに、俺は驚く。

そして、来夢の隣に立ってる結花は……。

「え？　え？　ら、来夢さん？　あなたが……来夢さんなんですか⁉」

「あはは一。ごめんね、びっくりさせちゃった？　そうなんだー、あたしが野々花来夢なんだよ」

「……二原。来夢に綿苗さんのこと、教えてたのか？」

「や。結ちゃんのことは、特に……」

マサと二原さんが、小声でひそひそ話しているのを見て、来夢はなんだか楽しそうに笑った。

「そうそう。桃乃とは、今日会うって約束をしただけ。遊一に彼女さんがいるなんて話、全然聞いてなかったよー。だけどほら、昔からあたし、勘が鋭いってよく言われてたじゃない？　遊一たちと話してるところを見て、ひょっとして……って勘が働いて、カマかけたんだよー」

それから、来夢は。

両手を合わせたまま、小首を傾《かし》げるようにして――微笑《ほほえ》んだんだ。

「挨拶が遅くなっちゃったね。初めまして、遊一の彼女さん。それから……本当、久しぶり。元気だった？　桃乃も雅春《まさはる》も……遊一も」

◆

四人掛けのテーブル席。

窓際に俺が、その隣に結花が座って。

俺の向かい側にはマサ、結花の向かい側には二原さんが、それぞれ腰掛けて。

いわゆるお誕生日席の位置に、木製の椅子を追加で置いて――来夢が座っている。

「あははー。桃乃、全然変わってないね？　懐《なつ》かしいなー」

「人のこと言えないっしょ。来夢こそガチで……なんも変わってなくね？」

「そうだねぇ。あたしって、あんま難しいこととか考えないもんなー。中学の頃から全然、成長してないだけかも」

「飄々《ひょうひょう》とした顔でいたずらみたいなの仕掛けんのも、変わんねぇな。来夢」

コーヒーを啜《すす》りながら、しみじみと言うマサ。

そんなマサを見ながら、来夢は「あははー」と楽しそうに笑った。

「確かにー。さっき結花さんにやったみたいな感じで、よくみんなにドッキリ仕掛けてたっけ。懐かしいなぁ……あたし、本気で成長してないね？」

「本当にびっくりしましたよ……来夢さん、ぜんっぜん顔に出さないんですもん」

両手でコーヒーカップを持ったまま、結花がむぅっと唇を尖《とが》らせる。

一方の来夢は、ニコニコとした笑顔のまま、ウインクをした。

「あたし、昔から『演技』だけは得意なの。一応これでも、中学は演劇部だったしね」

「え、そうなんですか!?　わぁ……なんだか親近感が湧きますっ！」

てほしい。

さすがに、初対面の相手に向かって、自分が声優って暴露しそうになるのは、気を付けてほしい。

テンションが上がると、すぐ喋《しゃべ》りすぎちゃうんだから。

しどろもどろすぎて、怪しいよ結花……。

「……あ。いや、そーではないんですけどね……」

「へぇ。結花さんも演劇やるの？」

「結花はえっと……やったことないけど、演技とかに興味あるんだよ。ね、結花？」

「そ、そうなんですっ！　うまく演技ができる人って、尊敬しますっ‼」

俺が慌てて助け船を出すと、結花はわたわたしながら、なんかガッツポーズを決めた。

挙動不審ではあったけど、来夢は特段気にした様子もない。

「あははー。そこまで言われるほどかってなると、自信ないなー」

「そんなことねぇよ。演劇やってるときの来夢って、なんていうか……普段とは全然違ったっていうか」

「うまいとかじゃなくって、もはやホラーレベルだったっしょ。うち、文化祭でやってた来夢の魔女役、ガチの魔女かと思ったもん」

「あー。あれは結構、頑張ったからねー、あたし」

えっへんと胸を張ったかと思うと。

来夢はふっと——すべてを凍らせるような、冷たい目つきに変わった。

「——愚かな人間ども。もはや貴様らの未来に、光などありはせぬ。絶望しろ……そして泣け！　叫べ‼　貴様らの顔が恐怖で歪《ゆが》むその姿を、わらわは何千年も待ち続けたのだからなぁぁぁぁぁぁぁぁ‼　あはははははははははははははッ‼」

シンッ——と。

静まり返る、喫茶『ライムライト』の店内。

張り詰めた空気の中、来夢はパアッと切り替わるように、もとの笑顔に戻ると……ぺろっと舌を出した。

「あ、やりすぎちゃったね……ごめんごめん」

「——来夢！　あんた、お客さんが引くようなことしないの‼」

カウンターの奥の方から、来夢のお母さんのお説教が聞こえてきた。

来夢が「はーい、ごめんなさいー」と声を張ると、カウンター席にいる常連さんたちは慣れたことなのか、和やかに笑った。

「こんな感じで。あたしは相変わらず、ふわふわーっと生きてまーす」

いつも楽しそうに、ケラケラと笑って。

冗談を言ってみんなを笑わせたり、反対にみんなからツッコまれたり。

そうやって、どんなときも周りの『空気』に溶け込んでいく、不思議な存在。

……何も変わってないんだな。

陽キャぶってた、痛々しい黒歴史時代の俺が好きになった――あの頃の野々花来夢と、何ひとつ。

「遊一は、なんか変わったね」

「…………え？」

そんな俺の心でも見透かしたみたいに、来夢が何気なく言った。

「桃乃も雅春も、昔とあんまり変わんないなーって思ったけど。なんだか遊一だけは、変わったなって。昔の遊一だったら、さっきみたいにあたしがやりすぎたら、ツッコミ入れてくれてたもの」

「そう……だったかもな」

覚えてる。

マンガやアニメが好きなのは、今と同じだけど。

今と違って、あの頃の俺は……クラスの大半の連中と盛り上がれてたし、女子に対してだって気軽に話し掛けてた。

オタクで陽キャ。イケてるクラスの人気者。選ばれた存在。

そんな風に——自分を高く見積もっていたんだ。


——中三の冬までは。


「なぁ、来夢。なんで遊一が変わったか……勘のいいお前が、分かんないわけねぇだろ」

二の句が継げない俺に代わるように、マサが少し強いトーンで言った。

けれど、来夢は表情を崩さず答える。

「うん。でも、それをあたしから切り出していいのかなって」

そして来夢は、二原さんの方に視線を向けた。

「なんとなくは、桃乃からRINEで聞いてるよ？　二年振りくらいのRINEだったから、少しびっくりはしたけどね。だけど、もし桃乃から連絡が来るとしたら——中三のときのことだろうなとは思ってた」

「………」

二原さんは自分の膝に手を置いたまま、無言で来夢を見つめている。

唇をキュッと噛《か》み締《し》めて、肩を僅かに震わせながら。

中身はともかく、いつも陽キャなギャルって感じで振る舞ってる二原さんが……こんな顔をするなんて。


「――桃《もも》ちゃん。だいじょーぶだよっ！」


そんな、張り詰めた空気になっていたときだった。

結花が……満開の笑顔で言ったのは。

「桃ちゃん、遊《ゆう》くんと私のために、いっぱい悩んでくれたんだよね？　ありがとう……そういう優しい桃ちゃんが、私は大好き」

「……うちは、別に……優しくなんてないよ……」

「優しいよ桃ちゃんは。もちろん、倉井《くらい》くんも！　今日だって一緒に来てくれて、本当にありがとうっ‼　あ、でも、ごめんなさい……私には遊くんっていう、心に決めた世界で一番好きな男の子がいるから……いい人だなとは思ってるけど、桃ちゃんに好きって言うみたいなことは、絶対にできないです……」

「なんで俺、フラれたみたいになってんの⁉　いいよ別に言わなくて‼　いっそ傷つくわ、そんな真面目に説明された方が！」

「……ぷっ！　あはは、倉井ウケるー‼　結ちゃんって、ほんっと最高だね？」

――場の空気が、一転して明るいものに変わる。

まるで春が来て、花が芽吹いていくときみたいに。

そして結花は、いつもどおりの笑顔のまま、俺の膝にポンッと手を乗せた。

「何があったって、私はずーっと、そばにいるから。だから……遊くん」

「……ああ。ありがとう結花」

ちゃんと伝わったよ、結花の気持ち。

古傷になってる過去と向き合うために。未来に向かって進むために。

みんなに支えられて、俺はここに来たんだ。

だから――結花と一緒に笑うために。

俺は勇気を振り絞って、言った。

「なぁ来夢。教えてくれ……中三の冬のときのことを。俺の告白を断った後、どうして来夢は――噂《うわさ》を広めたりしたんだ？」

――言葉にした瞬間、あの日の教室が頭の中に蘇《よみがえ》ってくる。

息苦しくって。弱い自分が、答えを聞きたくないって思ってるけど。

それでも俺は、来夢から――目を逸《そ》らさなかった。

一方の来夢も、まっすぐな瞳で、じっと俺のことを見つめている。

それからしばらくして、来夢は……ふっと目を閉じた。

「桃乃。まずは、今まで『秘密』を守ってくれて、ありがとうね」

「……約束を破んのは、うちの信条に反するから、しょーがないっしょ。けど、マジな話……鬼のようにきつかったわ」

「うん、そうだよね。分かったよ。今日で『秘密』は――終わりにしよっか」

そう宣言すると、来夢は目を開けて、胸の前で両手をポンッと合わせた。

そして、小首を傾《かし》げ――穏やかに微笑《ほほえ》んで。

「それじゃあ、話すね？　遊一があたしに告白してくれたときのこと――中三の冬の、すべてのことを」

第12話　俺の黒歴史には、思いもよらない『秘密』があった

喫茶『ライムライト』。

俺たちの中学時代の同級生で、俺のトラウマの原因になった女子――野々花来夢《ののはならいむ》の実家である、その場所で。

来夢は穏やかな声色で言ったんだ。


――それじゃあ、話すね？

――中三の冬の、すべてのことを。


テーブル席の向かい側に座ったマサは腕組みをして、いつになく険しい顔をしている。

その隣の二原《にはら》さんは、柄にもなく肩をすぼめて、唇を震わせている。

そして、俺の隣の席にいる結花《ゆうか》は――。

「来夢さん……お話ししてくれるんですねっ！　ありがとうございます‼」

無邪気な笑顔で、来夢に向かってぺこりとおじぎをした。

めちゃくちゃ重苦しい空気の俺たち三人とは対照的に――ほんわか柔らかい空気を纏《まと》ってる結花。

その笑顔は、俺の愛する『アリステ』のゆうなちゃんと、まったく同じで。

どんな暗闇だって照らしてしまいそうなほど、輝いていた。

「あはは！　結花さんにお礼を言われたら、なんだか調子狂っちゃうなー」

そんな結花を見て、来夢もまた、無邪気に微笑んで。


「だってあたしは……遊一《ゆういち》を傷つけた悪い女だよ？」


――ナイフのように鋭い言葉を放った。

「そんな嫌な女が、ありがとうなんて言葉をもらうのは、申し訳ないよ。遊一の彼女さんなら、あたしに対して怒ったり、恨んだりする方が妥当じゃないかな？」

「……怒る？　恨む？　なんでですか？」

「だって、結花さんの好きな人をフッた上に、その噂を広めて、不登校になるほど傷つけたんだよ？　そんな相手に普通、いい感情は持たないんじゃない？」

「え？　でも、多分ですけど、噂を広めたのって――来夢さんじゃないですよね？」

きょとんとしながら、当たり前みたいにそう言った結花を見て。

俺も二原さんもマサも、揃《そろ》って「え？」と声を漏らしてしまった。

そんな俺たちに一瞥《いちべつ》もくれることなく——来夢は。

微笑を浮かべたまま、小首を傾げた。

「——どうしてそう思ったの？」

「んーと……なんとなく、です。違ってたらごめんなさい。ただ、来夢さんってそういうことしそうな感じ、全然しないなぁって」

「そうかな？　あたしってこんな風に、へらへらーってしてる感じだよ？　つい言っちゃいそうだなーって思わない？」

「んー……やっぱり思えないです。うまく説明できないんですけど、来夢さんはそういう人に見えないんですよね……あ、でも！　そんな悪い性格の人だったとしたら、ヒーローな桃《もも》ちゃんが何か『約束』をしたりなんて、しないと思います！　うん、だから絶対違いますね‼」

「……結《ゆう》ちゃん」

「——そっかぁ。すごいんだね、結花さんって」

そう言って、来夢はふぅっとため息を吐《つ》いた。

「あたしが悪い女なのは、嘘《うそ》じゃないよ？　だけど……正解だよ結花さん。噂の件についてはね」

「どういうことだよ？　来夢」

――噂を広めたのは、来夢じゃない？

どういうことだよ……それ。

いつの間にか、拳を強く握りしめていた自分に気付く。

ドクンドクンと、鼓動が速くなっていくのも感じる。

そんな中、来夢は。

まるで、演劇の舞台に立ったときみたいに――大げさに両腕を広げた。

「それじゃあ、改めて――お話しするね。中三の冬に起きたこと。あたしが桃乃《ももの》にお願いしてた『秘密』。あのときの真実を、すべて……ね？」

◆

むかしむかし……二年ほど前のこと。

あるところに、来夢という女の子がいました。

来夢はふわふわーっとしていて、誰とでも気さくに話す子だったので、いつもみんなが集まっている場に溶け込んで、平凡に過ごしていました。

そんな彼女には、仲のいい男の子がいました。名前を、遊一といいます。

来夢と遊一は、雅春《まさはる》や他の大勢の友達と一緒に、楽しく過ごしていました。

コンビニで買い食いをしたり、集まってゲームをしたり、教室に残ってだべったり。

みんなで集まっているときも、どこか波長があったのでしょう、来夢と遊一は二人でよく盛り上がっていました。


だけど、そんな明るい日々は、急に終わりを迎えました。

忘れもしない——中三の十二月のことです。

放課後、来夢は遊一に呼ばれて、ひとけのない教室にやってきました。

来夢は呑気《のんき》に窓の外を見ながら、綺麗《きれい》な夕陽《ゆうひ》だなぁなんて、思っていました。

「なぁ。俺たち……付き合わないか？」

遊一の言葉に驚いた来夢は、パッと振り返りました。

頭の中が整理できなくって。俯《うつむ》いて、前髪を指先でくるくる弄《いじ》って。

それから——来夢は答えたんです。

「えっと……ごめんね。それは、できないんだ」

——ここまでは、みんなが知っている物語。

そしてこの物語の続きを、みんなはこう認識しているでしょう。

遊一が好意を持っていたのとは反対に、来夢にそんな気持ちは一切なくて。

告白されたという事実を、面白がったのか、あるいは馬鹿にしたのか……周囲に噂話《うわさばなし》をばら撒《ま》いた。

ですが……このお話には、三つの誤解があります。

ひとつ目は、来夢は告白されたという事実を、面白がっても馬鹿にしてもいなかったということ。

ふたつ目は、来夢は噂話を広めようなんて、まったく思っていなかったということ。

そして、最後のひとつ。それは——。

――本当は来夢も、遊一に好意を抱いていたということです。


物語でも朗読するような語り口で、来夢はあの日の出来事について話した。

それが、思いもよらない事実ばかりで溢《あふ》れてたもんだから。

とてもじゃないけど、俺は……うまく言葉を紡《つむ》ぐことができない。

「あははー。なんか演劇の癖で、芝居がかっちゃったね？　ごめんごめん。まずはそうだなー……『最後のひとつ』から、説明するね」

普段どおりのトーンのまま、来夢が話を続ける。

「あたしもね、遊一のことが好きだったんだよ。遊一に告白されるより前から」


ザクリと。

心臓のあたりを鋭利な刃物で貫かれたような、そんな衝撃を覚える。

「……だとしたら。どうしてあのとき、来夢は……」

「断ったのか、でしょ？　それはねぇ……あたしのアイデンティティみたいな問題になるから、説明が難しいんだよなぁ」

少しだけ眉をひそめて、来夢は言った。

「あたしが遊一のことを好きだったのは、本当だよ。だけど……たとえ相手が誰だろうと、付き合うつもりがなかったっていうのも、本当。だからね、気持ちは嬉《うれ》しかったけど、あたしは──『それは、できないんだ』って答えた」

確かに来夢はあのとき、そう答えていた。

俺のことを「嫌い」とも、「友達としか見られない」とも、言っていなかった。

だけどまさか、来夢が俺に対して、そんな想《おも》いを持っていたなんて──考えたこともなかった。

「ただ、そうは言ってもね。さすがに、好きな人を傷つけちゃったなぁって思ったら……あたしも、少しこたえちゃって。これからどう、遊一と接したらいいのかなって悩んで。それで、相談をしたんだよ」

来夢の目線が、すっと二原さんの方へと向けられた。

俯いたまま来夢の話を聞いていた二原さんは、ゆっくりと顔を上げる。

「そ。その相談相手ってのが……うちってわけ」

「桃乃はね、演劇部の芝居をよく観《み》に来てくれてて、それで親しくなったんだ。桃乃とあたしは、それぞれ別のグループと一緒にいることが多かったから、クラスだとあんまり絡《から》みがなかったけどね」

「そーね……佐方《さかた》とか倉井《くらい》とか、来夢と仲良かったメンツとは、中学時代の絡みほぼゼロだったわ」

「……確かに。二原さんとまともに話したのって、高校になってからだったけど……」

「だからこそ、桃乃に相談したんだよね。遊一との接点が少ないし、口が堅い子だってことも知ってたから」

――ここまでの説明は正直、筋が通っていた。

来夢が俺を嫌っていたわけじゃないから、相談相手を共通の友人にしなかったというのも、分かる。

フッた後、俺とどう接していいか悩んで、誰かに相談したかった気持ちも理解できる。

だけど、それでも……分からないことがある。

「それじゃあどうして、次の日――俺が来夢にフラれたって噂《うわさ》が、広まってたんだ？」

「あの日はさ。あたしの方が遊一より先に、教室に着いてたでしょ？」

「ああ。だからてっきり、俺がいない間に来夢が――」

「あたしもね。遊一が学校に来る前に、噂話を聞きつけた子たちに囲まれて、あれこれ言われてたんだよね」

「…………来夢も？」

「そーいうこと。来夢は……佐方をフッたなんて、言いふらしちゃいないんだよ。それどころか、みんなに囲まれても……いつもどおり笑って、誤魔化し通そうとしたわけ」

二原さんがグッと、唇を噛《か》み締《し》める。

「噂を広めたのは――来夢ともうらとも、関係ないグループの男子。来夢がうちに相談してたとこを、そいつが聞いてて……面白おかしく尾ひれを付けて、言いふらしたわけよ。うちらが気付いたときには、もう――どうしようもないくらい広まっててさ」

「……ひどい」

結花が瞳を潤ませて、ぽつりと呟《つぶや》く。

「なんとなく気に入らない」――そんなくだらない理由で、クラスの女子から嫌がらせを受けた経験のある結花。

そんな結花にとって、二原さんの語った真実は、重たいものだったんだと思う。

「……この中で一番部外者なのに、俺が口を挟むことじゃねぇかもだけどよ」

そんな重苦しい空気の中。

黙って腕組みをしていたマサが、来夢に向かって言った。

「今の話だけじゃ、どうしても分かんねぇんだよ。来夢も遊一のことが好きで？　好きだけどフって？　そのことを二原に相談してたら……関係ない馬鹿が、勝手に聞き耳を立てた上に、言いふらしやがったってんだろ？」

「あはは―、口が悪いね雅春？　だけど内容的には、そんな感じだね」

「で？　その話を、なんで遊一や俺たちに『秘密』にする必要があったんだよ。普通に教えてくれりゃ、よかったじゃねーか」

「――桃乃に『秘密』にしてもらった理由はね、簡単だよ」

少し声を荒らげるマサに対して、来夢は変わらず、ふんわりとした笑顔を向けて。

「遊一に、あたしへの想いを――忘れてほしかったから」

声のトーンを一切変えることなく、答えた。

「あたしが遊一の気持ちに応えられないっていう事実は変わらないからね。だから噂が広まってしまった以上、あたしが悪者になればいいと思ったんだよ。それで遊一が……あたしを嫌いになって、あたしへの想いを忘れちゃえば、その方がよっぽどいいって」

「来夢が考えるほど……佐方は薄情じゃなかったけどね」

「そうだね。桃乃の言うとおり。あたしは結局、遊一を傷つけることしかできなかった。だから、そう……悪い女なんだよ」

そこまで言い終わったところで。

来夢はおもむろに立ち上がると、深々と頭を下げた。

「だけど今はもう、遊一には結花さんがいる。あたしがあの頃、願ったとおり──あたしへの想いを忘れて、結花さんのことを愛せてる。だから、もう『秘密』はおしまい」

それから、ゆっくりと顔を上げた来夢は。

中三の頃に好きだった、あの優しくて穏やかな、笑みを浮かべたまま。

────言った。

「今までごめんね遊一。それから──どうか結花さんと、幸せになってね」

◆

喫茶『ライムライト』を出る頃には、すっかり日も傾きはじめていた。

久しぶりに来夢と会って。俺の認識を覆《くつがえ》す、中三の冬の真実を知って。

俺はなんだか——ぽっかりと胸に穴が空いたような、不思議な感覚を覚えていた。

「……遊《ゆう》くん、だいじょーぶ？」

結花がひょこっと、上目遣いに俺の顔を覗《のぞ》き込んでくる。

そんな結花に笑い掛けながら、俺は答えた。

「大丈夫だよ。ただ……これまでずっと、来夢が噂を広めたって思い込んでたから。そうじゃないんなら、俺がトラウマだと思って怯《おび》えてた三次元女子なんて……存在しなかったんだなって。そう思ったら、なんだか——急に気が抜けちゃってさ」

「……ごめんね、佐方」

俺と結花が話してる後ろから、二原さんが小さな声で言った。

「二原？　いきなりどうしたんだよ、元気ないじゃねーか？」

「来夢と約束、してたからさ……言えなかったけど。来夢とのこと引きずって、ずっと辛《つら》そうにしてる佐方に、うちは……なんもしてあげらんなかったわけ。うちは、そんな自分のことが——本当に嫌いだった」

絞り出すようにそう言うと、二原さんはその場で足を止めた。

隣を歩いていたマサも、前を歩いていた俺と結花も、一緒に立ち止まる。

「だから二原さん……高校に入ってからやたらと、俺に絡んできてたの？」

ふっと湧いてきた疑問を、俺は口にした。

それを聞いた二原さんは、自嘲するように笑って。

「──昔みたいに、明るい佐方を見たかったかんね。教室でいつもみんなと騒いでた、あの佐方が……あんまり笑わないってのが、苦しくってさ。だから、『精神的お姉さん』なんて……ウザいくらい絡んじゃってたわけ。あはは……馬鹿みたいっしょ？」

──最初は、やたらと俺に絡んでくる、陽キャ代表のギャルだと思ってた。

同じ高校に進学したのが、俺とマサと二原さんだけだったから、からかいでかまってきてるのかな？　って考えたこともあったっけ。

でも……違ったんだな。

二原さんは、ずっと──来夢との一件で変わってしまった俺を、どうにか元気にしようって思ってくれてたんだ。

「……やっぱ二原さんって、ヒーローみたいだよね。人知れず、人のために、何かしようってするところ」

「……ぜーんっぜん、違うっての。うちがやってたんは、本当のことを秘密にしてる罪悪感からの行動で――うちの憧れのヒーローとは、まったく違うって」

ぽたぽたと。

二原さんの足もとを、涙の雫《しずく》が濡《ぬ》らしていく。

そして嗚咽《おえつ》を漏らしながら、二原さんは――両手で顔を覆った。

「ごめんね、佐方……なんも役に立てなくって。ずっとずっと、佐方を苦しめて……うちは、うちは……っ！」

「――桃ちゃん。よーしよし……いっぱいいっぱい、頑張ったねぇ」

そんな二原さんの頭に、ポンッと手を乗せると。

俺の許嫁《いいなずけ》は――綿苗《わたなえ》結花は。

まるで子どもをあやすみたいに……彼女のことを、優しく撫《な》でた。

「……んで。なんで優しくすんの……？　うちは、結ちゃんの好きな人を苦しめた一人だよ……？　来夢との約束を破ってでも、うちが佐方に本当のことを教えてたら……っ！」

「友達との約束を破る桃ちゃんは、桃ちゃんじゃないでしょ？」

声が大きくなっていく二原さんに対して、穏やかな声色のままそう言うと。

結花は――満開の花のように眩《まぶ》しい笑顔を、二原さんに向けた。

「私の好きな桃ちゃんはねぇ……とっても優しい人で、とっても友達思いな人なんだぁ。だけど、一人で抱えちゃうところが多くって――ちょっとだけ、心配な子なの」

　そして結花は――ふわっと。

　二原さんの身体《からだ》を、自分の方へと抱き寄せた。

「だーれも悪くないよ？　遊くんも、桃ちゃんも、来夢さんだって……いっぱい悩んで、いっぱい傷ついて。いっぱいいっぱい――頑張ってきたんだから。これ以上、自分を責めなくたって……いいじゃんよ？」

「……結ちゃん」

「悲しい思い出とか、辛い思い出とか……そういうのを消すのは、難しいかもだけど。楽しい思い出や、明るい思い出で、上書きしちゃうことはできるはずだもん……だから、一緒に笑お？　いっぱいいっぱい――笑顔の思い出を、作っちゃおうよっ！」

　結花の言葉で堰《せき》を切ったように、二原さんはその場で泣き崩れた。

　そんな二原さんの背中を、結花はただ静かに撫で続ける。

　そして結花の放った言葉は……俺の中にも溶け込んでいって。

ぽっかり穴が空いたようだった胸の奥が——温かいもので満たされていくのを感じた。

「……綿苗さんって、本物のゆうなちゃんなんだな。遊一」

俺の心を代弁するように。

マサがぽつりと呟いた。

「どんなことがあったって、笑顔を絶やさなくって。その無邪気な優しさが、みんなの心に届いて——いつの間にか、笑顔が広がっていく。和泉《いずみ》ゆうなちゃんだからとか、そういうことじゃなくって……ゆうなちゃんだよ。綿苗さんは」

「……そんなこと、言われなくたって分かってるよ」


学校ではお堅くて。声優としては一生懸命で。

本当は無邪気で天然で、世界の誰よりも優しい。

ゆうなちゃんみたいで。だけど、ゆうなちゃんと違うところもあって。

そんなすべてをひっくるめて、俺は——。


——綿苗結花が好きなんだから。

第13話　許嫁の愛が大きすぎて、身の危険を感じたことある人いる？

約二年振りに再会した来夢《らいむ》の口から、中三の冬の真実を告げられて。

俺はようやく、過去の呪縛から解放されたような気がした。

そんな出来事を経て、俺はこれまで以上に――結花《ゆうか》を大切にしようって、心に誓ったわけなんだけど。


――遊一《ゆういち》くん。結花が君からもらっているものは、なんだね？

結花のお父さんから投げかけられた、その問い掛けへの『答え』は。

俺の中でまだ……出せていない。


「ゆーゆー……なんだか鳴き声が聞こえるよ！　ゆーゆー……あ、こんなところに、可愛《かわい》い子が落ちてるよ‼　ゆゆゆー……こ、これは！　遊《ゆう》くん大好き結花ちゃんっ‼」

──と、物思いに耽《ふけ》っていると。

許嫁がなんか、とんでもない茶番で俺の気を惹《ひ》こうとしてきた。

カーペットの上にごろんっと、仰向けになって。

腕をじたばたさせながら、脚はまっすぐ天井に向けて伸ばし──って⁉

「結花、脚、脚！　スカートめくれちゃうから‼」

「…………ちらりっ」

「ぶっ⁉」

自分のスカートを掴《つか》んで、一瞬だけちらっと、めくって見せてから。

結花はドヤ顔をしつつ、ササッとスカートを整えた。

いや、いくら一瞬だったとはいえ……見えるもんは見えるからね？

どうしてくれんの、俺の脳内が青一色に染まってるんだけど？

「遊くんが好きなので、サービスしちゃいました。どうも、結花ちゃんです！」

「いくらなんでもやりすぎでしょ……いつからそんな子になったの？」

「遊くんのせいだもんねーだ。だから、遊くんの感想がほしいですー。どうも、遊くんの可愛い結花ちゃんです‼」

「いや、死ぬかと思ったよ……素直な感想として」

「……ふへへー。嬉《うれ》しいってこと、嬉しいってこと？」

俺の感想の何が嬉しかったのか、結花はニコーッと満面の笑みを浮かべると、カーペットの上でごろごろしはじめる。

「遊くん、だーいすきー♪　らぶ、らぶー♪」

「分かったから！　分かったから、スカートでそれやるのやめて⁉」

えっと……どうしよう。

来夢との一件があったからなのか、なんなのか。

俺の許嫁の甘え方が——幼児さんレベルまで、退行してる。

◆

——それとは別の日も。

「うー。遊くんも一緒がいいよー。うーうー！　一緒に行こうよー、うにゃー‼」

「行かないよ⁉　声優の仕事でしょ、これから！」

「うにゃー、遊くんが怒ったー。えーん、ぎゅー」

玄関あたりで駄々っ子まがいに騒いだかと思うと。

結花は隙を見て、俺の腰あたりに抱きついてきた。

その表情はニコニコとしたもので、かまってオーラを全開にしている。

「……一応、確認するけど。ゆうなと遊一くんは、二十代半ばで彼氏のいない私に対して、マウントを取って精神攻撃をしてるって解釈で……いいのかな？」

「違いますって！　っていうか、俺は何もしてないでしょ⁉」

そんな俺たちに対して、玄関先に立ったまま、冷たい視線を向けているのは――和泉《いずみ》ゆうなを迎えに来た、マネージャーの鉢川《はちかわ》さん。

いつもは表情豊かな鉢川さんだけど、今は驚きの無表情。

「久留実《くるみ》さん……えっと、勘違いさせたんなら、ごめんなさいです。本当に遊くんを連れて現場に行こうとは、思ってないんですよ？　声優のお仕事には、いつだって全力！　私情を挟まず、ファンのために頑張りたいですからっ‼」

「ごめん。ゆうなの発言と行動が一致してなすぎて、いっそ怖いのよ……」

「発言が本音ですっ！　ただ、お出掛けしてる間、遊くんに寂しい思いをさせちゃうから――お出掛け前の、甘えっ子サービスをしてるだけなんですっ‼」

「それはそれで、たち悪いわよ！　私の自尊心を殺す気なの、ゆうなは⁉　遊一くんもデレデレしちゃって……いいですねぇ、若いって！」

「なんで俺まで怒られるんですか⁉　八つ当たりじゃないですか、それ‼」

結花のとんでも発言のおかげで、着火した鉢川さんも交えて、大騒ぎになった。

前から結花はときどき、とんでもない甘え方をしてはいたけど。

来夢と話した後から……日に日にエスカレートしてる気がして怖い。

◆

――そんな結花の暴走は、学校でも続いていた。

「……おーい、結花？　どこにいるの、こんなところに呼び出して？」

帰り支度をしようと、机の中に手を入れたら――ピンク色の便せんが入っていて。

結花の字で『放課後、体育倉庫で待ってる』なんて書かれてたから――言われたとおり、体育倉庫に来てみたはいいんだけど。

別に家で話せばいいのになぁなんて、頭の中に疑問符が浮かんでしまう。

そうして、俺が体育倉庫に足を踏み入れて、結花を探しはじめたところで。

唐突に——体育倉庫の扉が閉じられた。

「え、な、なに⁉」

「——隙ありっ‼」

「ぎゃっ⁉」

視界が真っ暗になったことで、半ばパニックになってる俺の腹部に、何者かのタックルが炸裂《さくれつ》。その勢いのまま、俺はマットに倒れ込む。

そして、暗闇に目が慣れてきて——俺に馬乗りした体勢になってる相手の輪郭が、段々と浮かび上がってきた。

ふわふわ揺れるポニーテール。細いフレームの眼鏡。学校指定のブレザー姿。

そう、これは完全なる——学校結花だ。

「どういう状況なの、結花？　ほら、こんなところに二人っきりでいるのを見つかったら、色々まずいから……取りあえず家に帰ってからにしようよ」

「家で甘えるのは、もういっぱいやったもん」

「いや、そりゃあそうだけど……じゃあ、どうしたらいいの？」

小さな声でそう呟《つぶや》くと、結花は……自分の制服のボタンを、外しはじめた。

「ちょっと結花⁉　何しようとしてんの⁉」

「……好きな人をドキドキさせられる、学校のシチュエーションを勇海《いさみ》に聞いたらね？　体育倉庫で二人っきりになって……せくしーに迫ることだって言うから」

「結花っていつも、聞く相手を間違ってるよね……申し訳ないけどあのコスプレイヤー義妹、世間一般と乖離《かいり》した意見の持ち主だからね？」

勇海とか那由《なゆ》とか二原《にはら》さんとか鉢川さんとか。

俺の周りって、バイアスの入った意見を言う人しかいねーな。

……なんて、心の中でツッコんでる間にも、結花はボタンを外していき。

最終的に制服を脱ぎ捨てた結花は……床に手をついて女豹《めひょう》のような格好になった。

結花の上半身を覆っているのは、大人っぽい黒のブラジャーのみ。

そして女豹のポーズで俺の眼前に迫ってくる——眼鏡を掛けた結花の、紅潮した顔。

セクシーかつ大胆な迫り方と、普段はお堅い学校結花の、異色のコラボ。

「……うにゅ」

こんなんされたら、いくらなんでも……心臓がはち切れるかもしれない。

なんて、ボーッとしてる俺の頬に――結花がそっと、手を添える。

「ここ何日か、いっぱい私から甘えて、遊くんを楽しい気分にさせちゃおう作戦！　……ってやってたんだけどね？　なんかうまく励ませなくって……ごめんね遊くん」

確かにここ数日、尋常じゃなく甘えっ子モード全開だったけど。

結花的には、俺に楽しい気分になってほしくてやってたってことなのか。

「気持ちは分かったけど……励ますって、一体なんの話？」

「――来夢さんから昔の話を聞いて、きっと遊くんは辛《つら》かったはずだから。いっぱい励ましたいって、そう思ってたの。だって、全然関係ない人が流した噂《うわさ》が原因で、遊くんはずーっと、傷ついたままだったんでしょ？　そんなの……辛いに決まってるじゃんよ」

ぽたりぽたりと、温かな雫《しずく》が滴《したた》って、俺の頬を濡《ぬ》らしていく。

それは――結花の瞳から零《こぼ》れ落《お》ちた、優しい涙。

「悲しかったり辛かったりすることが、いっぱいあった遊くんだもん。だから私は――楽しい思い出や明るい思い出を一緒に作って、遊くんに少しでも笑ってほしいの。どんな遊くんだって好きだけど、やっぱり私は……笑ってる遊くんが、一番好きだから」

──来夢と話した日。二原さんにもそんなことを言ってたっけ。

綿苗《わたなえ》結花っていう子は、いつもそうだ。

まるで自分のことみたいに、俺や家族や友達やファン……自分が大切にしてる人の、幸せや笑顔を願っていて。

そのためだったら、いつだって──全力で頑張ろうとするんだ。

「大丈夫だよ、結花。結花が一緒にいるだけで、俺はたくさん……笑えてるから」

そんな結花の肩に、そっと触れる。

びっくりしたのか「ひゃうっ⁉」なんて、可愛《かわい》い声を上げる結花に……思わず噴き出してしまう。

「確かに、思うところはあったけどさ……安心したところもあったんだよ。俺はずっと、告った噂を広めた『野々花《ののはな》来夢』っていう女子がトラウマになって、三次元女子との恋愛に怯《おび》えてた。だけど──そんな『野々花来夢』はいなかったたって、分かったから。そうやって自分の過去を整理できただけで、よかったんだよ」

「でも……噂がなかったら、遊くんは来夢さんと、ここまで疎遠にならずに済んだかもしれないんだよ？」

「……今の俺にとって大切な人は、昔好きだった女子じゃないから」

少しむず痒《がゆ》いけど。ここで言わなきゃ、男じゃないから。

俺はじっと、結花の目を見つめて――素直な気持ちを伝えた。

「もしもの話は必要ないよ。だって、今の俺が誰より好きなのは……結花なんだから」


柄にもないほどキザなことを言っちゃったな……なんて思ってると。

結花が物凄《ものすご》い勢いで、俺に抱きついてきた。

しかも、結花の胸の谷間に、俺の顔が埋《うず》まるような体勢で抱きつかれたもんだから。

――ブラジャーしか身につけてない、結花の肌の温《ぬく》もりが、じかに伝わってくる。

「………好き。すっごく好き。好きすぎて……おかしくなっちゃう」

結花の囁《ささや》き声が、耳をくすぐる。

結花の甘い匂いが、鼻孔から脳内へと流れ込んでいく。

「……ん？　おーい、誰かいるのかー？」

――そんな、がっつり最悪のタイミングで。

体育倉庫の扉をゴンゴン叩《たた》く音とともに、郷崎《ごうさき》先生の声が聞こえてきた。

いくらなんでも、これはまずい。

今見つかったら、どう足掻《あが》いても不純異性交遊の現場と思われてしまう……!!

「結花、いったん隠れ――」

「ひゃうっ⁉　……ゆ、遊くん、息を吹きかけちゃ、だーめぇ……んっ……」

「ちょっ⁉　取りあえず離――」

「――っ⁉　んにゅ……おかしくなっちゃう、ってばぁ……っ！」

俺が喋《しゃべ》ろうとすれば、結花はもぞもぞして、さらにギューッと抱きついてくるし。

郷崎先生は繰り返し、扉をゴンゴン叩いてくるし。

どうしようもない状況下で。本気で血の気が引いていく中で。

……俺は八つ当たり的に思ったね。

家族の顔合わせで会ったときは、絶対に――勇海にお説教してやるって。

※ちなみにこの後、たまたま通り掛かった二原さんに、うまく助けていただきました。

第14話　【アリラジ特番】『ゆらゆら★革命』の活躍、止まらない問題

「しっかし……倉井《くらい》の部屋、もうちょい片付けらんないわけ？」

俺の隣に座ってる二原《にはら》さんが、顔をしかめつつ、ぼやくように言った。

ＴＶを操作してたマサが、それに対して反論する。

「馬鹿言え！　この部屋にあるグッズには、すべて愛と情熱が詰まってんだよ‼　そんなもん……溜《た》まっていくに決まってんじゃねーか」

「や。そーじゃなくって。うちだって、特撮グッズが山ほどあるわけ。ベルトもあるし、ロボットもあるし、フィギュアとかムックとか……けどね？　こんな汚くないわけよ」

「確かに。俺の部屋も『アリステ』グッズで溢《あふ》れてるけど、マサよりは片付けてるよな」

「文句言うんなら、お前ら帰れよ！　お前らが一緒に『アリラジ特番』観《み》ようっつーから、こうして準備してんのによぉ‼」

そう。俺と二原さんは現在、マサの家に遊びに来ている。

俺は何度も来たことあるけど、なにげに二原さんがマサの家に来るのは初めてなので……こうして、きょろきょろ見回してはツッコミを入れてるってわけ。

そんなこんなしてる間に、マサは自分のスマホをＴＶにミラーリングし終えて、俺の隣に座った。

「んじゃ、つけるぞ」

「おっけ！　結《ゆう》ちゃんの活躍、めっちゃ楽しみ‼」

マサがＴＶ画面上で、動画サイトを操作していく。

そして生配信のチャンネルに飛ぶと、『はじまるまで、もう少し待ってね！』という画面が映し出された。

何を隠そう、今からはじまるのは『ラブアイドルドリーム！　アリスステージ☆』の大人気ラジオ『アリラジ』の生配信。

そして、今回のタイトルは、そう——『アリラジ：第二回　八人のアリス投票　開始記念特別生配信☆』だ。

今回の特番の主題になっているとおり、『アリステ』では——つい先日から『第二回八人のアリス投票』が開始されている。

ちなみに俺は、投票開始から数秒の間に、ゆうなちゃんへの投票を終えた。

マサも数秒の間に、らんむちゃんへの投票を済ませたって言ってたな。

というわけで俺たちは、投票期間終了まで待ちのターンなわけだけど……運営側としては、この投票企画をさらに盛り上げたいんだろう。

第一回で選ばれた『八人のアリス』の声優がメインで。

その他、数人のアリスアイドルの声優がゲスト出演するっていう形で。

今日の特番の生配信が、決定したってわけだ。

「ねぇ。らんむちゃんも、前回の『八人のアリス』の一人なんっしょ？」

「お、『アリステ』に詳しくなってきたな二原……そうだよ。俺のらんむ様は、前回の投票で――『六番目のアリス』に選ばれた！　そして、今回も当然――らんむ様は、『八人のアリス』に燦然《さんぜん》と輝くんだ‼」

紫ノ宮《しのみや》らんむ演じる、クールビューティなアリスアイドル・らんむちゃんは、『アリステ』リリース当時から高い人気を博していた。

――クールでストイックという恰好良さと、私生活のポンコツっぷりのギャップ。

妖艶《ようえん》な魅力を備えたビジュアル。紫ノ宮らんむの圧倒的な歌唱力。

それらすべてが合わさった結果、らんむちゃんは人気投票六位――『六番目のアリス』に選ばれた。

「らんむちゃんも格好いいけどさぁ。ゆうなちゃんが『八人のアリス』に選ばれてないとか……まだまだすぎんね、世間の見る目は」

「二原さん、それは違うよ」

ゆうなちゃんが好きすぎるあまり、二原さんがぼやいたのを聞いて。

俺は反対に、純粋な気持ちでゆうなちゃんへの想《おも》いを伝えた。

「本当の順位は、『アリステ』を推す一人一人の心の中にあるんだ。だから、数字なんて関係ないんだよ。ゆうなちゃんは――俺や二原さんの心の中では、いつだって『トップアリス』なんだ!!」

「……や。いいこと言ってるし、その気持ちはめっちゃ分かるけどさ。今日の特番の主旨、全否定すぎない、それ?」

ドヤ顔で言ったセリフにマジレスは、よくないよ?

結構それ、羞恥心にエグいほど火をつけるやつだからね?

「――おい、二人とも！　はじまったぞ!!」

マサが叫んだ瞬間に、俺と二原さんはパッと、TVの方に向き直った。

こうして俺たち三人は――マサの家に集まって、生配信の視聴を開始したわけだ。

「……こんな感じで『第二回　八人のアリス投票』も盛り上がってるわけで・す・が！　なーんと今日は、他にも新しいプロジェクトが発表になるんだって‼」

「そうみたいですね。ただ、どんなプロジェクトがはじまろうと――私は常に、輝き続けるだけですが」

紫ノ宮らんむを含む『八人のアリス』声優がトークを進めていると……『新しいプロジェクト』というフレーズが唐突に出てきた。

これは前情報にないぞ……要チェックだな‼

「新プロジェクトに関わる、三人のアリスアイドルに来てもらったよぉ！　どーぞぉ‼」

そんな合図とともに、ステージに出てきた三人の声優……って、結花《ゆうか》⁉

「こんにちアリスー！　ゆうな役、和泉《いずみ》ゆうなでーすっ‼」

三人が順々に挨拶をする中、ひときわ光を放っている和泉ゆうな。

それにしても……新プロジェクトと和泉ゆうなに、一体どんな関係が？

――そんなことを、ぐるぐると考えていたら。

スタジオの後ろのモニターに、新プロジェクトの名称が映し出された。

――『ニューアリスアイドルオーディション☆』。

「現在も既に百人以上のアリスアイドルが活躍している『アリステ』ですが。この秋、新たなアリスアイドルたちのデビューが決定しました！　それに先駆けて、新たなアリスアイドルの声優を選ぶオーディションが……夏に開催決定でーす‼」

「そのうち三人は、なんと！　この三人の『妹』に当たるキャラクターなんだよね？」

——‼　なん……だと……？

「まさか……ななみちゃんに、ボイスがつくっていうのか？」

「みたいだな、遊一《ゆういち》……こいつは、熱い夏になりそうだぜ」

「え？　どーいう盛り上がり？　新参のうちにも、分かるように説明してくんない⁉」

二原さんが事態を把握できてないらしく、わたわたと騒いでるけど。

俺とマサは、ごくりと生唾を呑《の》んで——マイクを渡された和泉ゆうなの発言を待つ。

「はいっ！　私が演じるゆうなが、妹のななみちゃんに誘われて、一緒にアリスアイドルとしてデビューした……っていうのは、昔からのファンの方はよく知ってると思いますが！　なんと‼　ついにななみちゃんが——ゲーム内に登場しますっ！」

「マジかよ……ついに、ななみちゃんが……」

「あ、そっか。ゆうなちゃん、妹のななみちゃんとデビューしたって設定だっけね」

「そのとおりだ、二原。だけど、色んな事情があったらしく――ななみちゃんはこれまで、キャラとしては登場していなかった。それがついに、デビューってことは……ゆうな姫の新たな展開が期待できるってことだな、遊一！」

マサの言うとおりだ。ななみちゃんが本格参戦すれば、その絡《から》みでゆうなちゃんの出番も、必然的に増えるはず。

つまり、ななみちゃんが追加されるってこと自体が。

和泉ゆうなの努力が、ファンや運営に届いたっていう……何よりの証明なんだ。

――よかったね、結花。

いつも笑顔を振りまいて、いつだって頑張ってる結花の姿を思い浮かべて……俺はなんだか、胸が熱くなるのを感じた。

◆

「『ゆらゆら★革命』――新展開っ‼」

新プロジェクトとして『ニューアリスアイドルオーディション☆』が発表された、次のターンで——和泉ゆうなが、満面の笑みで言い放った。

……『ゆらゆら★革命』の新展開、だと？

「ここからは、私たち『ゆらゆら★革命』のミニコーナーよ。覚悟はいい？」

「ふふふ……皆さん、びっくりしました？　これからもっとびっくりの、素敵な展開を発表しますよーっ！」

びっくりしすぎて、三途《さんず》の川《かわ》が見えたよ。

結花ってば、こんなビッグプロジェクト、よく家の中で隠し通してたな……。

「それでは——『ゆらゆら★革命』に欠かせないアリスアイドルを、お呼びしましょう」

「油田のように素敵なプロジェクト、皆さんと楽しく発掘しますわ……でる役、掘田《ほった》でるでーす。ってか、ついにここまで来たかって感じよ、もぉ！」

出た、『ゆらゆら★革命』のお約束——やさぐれ＆キレ芸声優こと、掘田でる。

だけど……「ついにここまで来たか」って？　一体どういうことなんだ？

「掘田さん！　今のお気持ちはどうですかー？」

「え。恐怖」

「恐怖⁉」

「や、だってさぁ……あんたたちの間に、わたしが入るんでしょ？　恐怖でしかないでしょーよ。わたしは体《てい》のいい潤滑油じゃないんだけど！　分かってる、運営さん⁉」

「相変わらず、たとえがうまいですね。その腕が正当に評価された結果かと」

「やかましいわ！　誰のせいで腕が上がったと思ってんのよ、らんむ‼」

相変わらず息の合ったボケとツッコミで、テンポのいいトークを繰り広げる三人。

そんな中、和泉ゆうなが――「じゃじゃーんっ！」と声を上げると。

スタジオのモニターに、想像だにしなかったプロジェクト名が――映し出された。


――『ゆらゆら★革命　ｗｉｔｈ　油《ゆー》』新曲制作中‼


「『ｗｉｔｈ　……油《ゆー》⁉』」

俺とマサはほとんど同時に、脊髄反射で立ち上がった。

二原さんは座ったまま、じっとＴＶ画面に釘付《くぎづ》けになってる。

「そんなわけで、今回の『ゆらゆら★革命』は、でる役の掘田でるさんも含めた三人で新曲を発表します！　すごいですね、嬉《うれ》しいですねっ、らんむ先輩‼」

「掘田さんが加わろうと、私には関係ないわ。どんな状況であっても、私は研鑽《けんさん》を続けて
――高みに辿《たど》り着《つ》くと決めているのだから」

「失礼じゃない!? 関係ないってことはないでしょうが!! あんたたちのために、わたしがこれまで、どれだけ駆り出されてきたことか……」

「これからは同じチームとして、一緒に駆り出されましょうね! 掘田さん!!」

「……不安だぁ～……でも。でるの可愛《かわい》さを伝えられるよう、死なない程度に頑張るけどね。皆さん、『ゆらゆら★革命 with 油《ゆー》』をよろしくお願いしまーす!」

と……まぁ、なんだかんだ言いながらも。

和泉ゆうなと紫ノ宮らんむと一緒に、楽しそうに笑ってる掘田でるが映ったところで。

特別生配信は、いったんCMに入ったのだった。


「『転生したら、テンプレ展開しかない世界に来たんだけど?』のCMだってさ。二人で一緒に告知するわよ」

「…………好き」

「はぁ？　ちょっと、なんか距離が近いんだけど⁉」

「ずっと孤独に生きてきたから。一緒にCMをやろうなんて、言ってもらったら……どうしよう、好きが止まらない……っ！」

「ぎゃあああ⁉　ちょっと、CM中に抱きつかないでよ！　女の子同士でこんなことしてたら、百合《ゆり》アニメって勘違いされちゃうじゃない‼」

「……胸のサイズを見たら、男女カップルだと思ってもらえるかもしれない」

「誰の胸がぺちゃんこの平面ですってぇ⁉　あたしの胸にだってZ軸くらいあるわよ‼」


――ハイテンションラブコメディ『転テン』、大好評放送中！

◆

「やべぇな、遊一……ちょっと俺、テンションが上がりすぎて、めまいがしてきた」

「俺もだよマサ……全身が震えて、なんだか動悸《どうき》がエグい感じになってる」

「だいじょぶ、二人とも⁉　あ……でも、なんかうちも、嬉しくて涙が……」

ゆうなちゃんの妹・ななみちゃんのデビュー決定に加えて。

『ゆらゆら★革命』の新たな展開まで告知されたもんだから。

俺たち三人は、喜びとか感動とか、色んな感情の波に呑まれて——黙り込んでしまう。

結花のひたむきな努力が、少しずつ実ってきてるんだな。

そんな感慨に耽《ふけ》っていると、なんだか涙腺が緩んできて——。


——ブルブルッ♪


そんな絶妙なタイミングで、俺のスマホが結花からの着信を告げた。

「もしもし？　結花？」

『問題です。「ゆらゆら★革命　ｗｉｔｈ」に続く言葉は、なーんだ？』

「油《ゆー》！」

『……やっぱり生配信観《み》てたなー！　まだ配信でしか情報解禁してないのにー‼』

「あ……い、いや結花、家で言ってなかったたっけ？」

『こんなこともあろうかと、敢《あ》えて遊《ゆう》くんには、事前に言わないようにしてました』

何その、巧妙なトラップ。

孔明もびっくりな策士っぷりだな……うちの許嫁《いいなずけ》。

「冷静に考えて、結花？　今回のは、結花がメインパーソナリティじゃないでしょ？　つまりこれは、我が家の『アリラジ』禁止令の範疇《はんちゅう》に、該当しないのではないかと」

『言い訳しないでくださーい。遊くんの、ばーか』

「……そもそも論だけど。『弟』トークしてるのを観られたくないってのが、『アリラジ』禁止令の最初の主旨だったよね？　今日は『弟』トークしてないし、別にいいのでは？」

『…………それは、言い訳でーす』

「いやいや。今、めっちゃ間があったよね⁉　自分でも絶対、ちょっと理不尽だって気付いてるでしょ結花？」

と、まぁ――こんな感じで。

今回は非常に論理的に、『アリラジ』の視聴権を主張したんだけど。

『うー……とにかく！　だめなもんは、だめなのっ！　遊くんのばーか、だもんっ‼　ばかばかすきばか！』

意固地になった結花さんによって、俺はひたすら怒られたのでした。理不尽。

第15話　【この結婚の】父、帰る【主犯格】

新年が明けてから、早いもので一か月弱。

一月の後半に差し掛かって、俺の心はそわそわと落ち着かなくなっている。

だって明後日《あさって》には、うちと結花《ゆうか》の実家の——顔合わせの集まりが、開かれるのだから。

「……俺が結花に、あげられてるもの、か」

自室の椅子に座ってぼんやりとしながら、俺は年始に結花のお父さんに言われた言葉を反芻《はんすう》していた。

来夢《らいむ》から、中三の冬の真実を聞いて。

自分が恐れていた三次元女子が、幻想だったと分かって。

俺は今まで以上に……結花と前に進んでいきたいと思うようになった。

——結花がそばにいるから、俺は来夢の話を聞いても、受け止めることができたし。

——結花がそばにいるから、俺は毎日を、穏やかな気持ちで過ごすことができている。

結花からもらってるものは、たくさんある。

それじゃあ、自分が結花にあげられてるものって——なんだろう？

「しかし……このおみくじ、完璧に当たってたよなぁ」

机の上に置いたおみくじを、俺はため息を吐《つ》きつつ眺める。

◇縁談『思わぬ躓《つまず》きあり。心を強く持て』

本当に、思わぬ躓きだった。

うちの親父《おやじ》が、得意先のお偉いさん——結花のお父さんと知り合って。

結花の一人暮らしを心配した向こうから、この結婚話を持ち掛けられた。

そう理解していたからこそ、緊張はしていたけど……初めての挨拶だって、スムーズに終わるもんだとばかり思っていた。

それがまさか、こんなに悩む羽目になるなんて。

まぁ、油断しすぎだって言われちゃうと……それまでなんだけど。

「とにかく。うちのくそ親父に、ちゃんと事情を説明してもらわないとな」

明日——金曜日の夕方。

顔合わせの前泊ということで、うちの親父と那由《なゆ》が、我が家にやってくる予定だ。

そこで絶対、親父に吐かせてやる。

結花のお父さんの質問への答えも、考えないといけないのは分かってるけど……そもそも、この結婚はどういう経緯ではじまったものなのか。

その真相を聞かないことには——先に進めない気がするから。

◆

——ガチャンッと。

夕陽《ゆうひ》が射《さ》し込むリビングに、大きな音が響き渡った。

俺は慌てて、キッチンの方に駆けつける。

「結花、大丈夫⁉」

「う、うん……ごめんね。お皿、割っちゃった」

「怪我《けが》してない⁉」

「シンクの中で割っちゃったから、怪我とかは大丈夫だよ……ごめんなさい」

「怪我してないんだったら、皿の一枚くらい別にいいって」

心底ホッとしてそんな風に言うと、結花がもじもじしながら、上目遣いに俺の方を見てきた。

「遊《ゆう》くんって、本当に優しいんだなぁ。ありがとう……大好きっ」

ニコッとはにかむように笑ってそう言うと、結花は掃除用具を取りに行った。

すると――ガタガタッと。

なんか大きな音が、再び響き渡った。

「結花、どうしたの⁉」

俺が急いで、リビングの方に駆けつけると。

そこには……掃除機の下敷きになってる結花の姿が。

「ご、ごめんね遊くん……掃除機を運んでたら、なんかうにゃーってなって、こうなっちゃった」

「うにゃーに汎用性を求めないで⁉　全然分かんないけど、怪我とか大丈夫そう？」

「うんっ。ちょっと痛かったけど、全然へーきだよっ」

そう言って、いつもどおりにニコニコ笑ってるけど。

なんだかさっきから、やたらと危なっかしい結花に――違和感を覚える俺。

「ひょっとして……親父が来るからって、緊張してる？」

「へっ!? ま、まさか！　そそそそ、そんなことは、なななな、ないよー!?」

　尋常じゃなく噛《か》んでるし。

　めちゃくちゃ緊張してるじゃん……まぁ、俺も人のこと言えなかったから、気持ちは分かるけども。

　取りあえず、割れた皿とか掃除機とか片付けてから、結花をソファに座らせると。

　俺もその隣に腰掛けて、結花に言い聞かせる。

「前にも言ったかもしれないけど……うちの親父は、いつもへらへらしてて、あんま深いこと考えてない奴《やつ》だから。緊張する必要ないっていうか、まともに取り合わなくていいからね？」

「言いすぎじゃない!?　お嫁さんが義理のお父さんとまともに取り合わないとか、ヤバい子すぎるじゃんよ！」

「いや、いいよそれで……自分の子どもを勝手に結婚させるような、非常識の代表みたいな大人だし」

　とかなんとか話していると――玄関のチャイムが、ピンポンと鳴った。

「きゃー!?　き、来ちゃったよ遊くん!?　ど、どうしよう？」

「しばらく無視しよう」

「なんで⁉　もー、遊くんってば、私の立場も考えてよ！」

結花はそう言い残すと、慌てて玄関の方へと走っていった。

俺もしぶしぶ、その後を追い掛ける。気乗りしないけど。

そして、結花は頬をむにむにして、表情を整えてから──玄関のドアを開けた。

「は、初めまして！　いつも遊一《ゆういち》さんにはお世話になっております、綿苗《わたなえ》結花です‼」

「ええ、存じ上げてますよ──可愛《かわい》い子猫ちゃん？　どうも。いつも結花のお世話をしてます、可愛い妹の綿苗勇海《いさみ》だよ？」

「帰れ」


有無を言わさぬ速度でバタンと、結花がドアを閉めた。

閉め出された形になった勇海は、外からドアを叩《たた》いてくる。

「ごめんってば、結花。結花がかしこまった挨拶をしてきたから、ついからかいたくなっちゃった……それだけなんだよ？」

「それに怒ってるんだってば！　っていうか、なんで勇海がいるのよ！　うちのお父さんとお母さんが来るのは、明日のはずでしょ⁉」

「ふふ……少しでも早く結花に会いたくて、僕だけ前乗りを――」

「もう帰れー！　明日、出直せー‼」

さっきまでの緊張が嘘《うそ》のように、綿苗姉妹らしい小競《こぜ》り合《あ》いがはじまった。

……お義母《かあ》さんがいるときは常識人だったけど、やっぱり勇海は勇海なんだよなぁ。

なんて、益体もないことを考えていたら。

勇海がドアを叩く音が、ピタリとやんだ。

「あれ？　勇海、本当にどっか行っちゃった？」

「油断しないで、遊くん！　あの子がこんな簡単に引き下がるなんて思えない……これは罠《わな》に違いないもんっ‼」

酷《ひど》い言われよう。日頃の行いって大事なんだな……。

そんなタイミングで――トントンッと。

再び玄関のドアを叩く音が、聞こえてきた。

結花はムッとした表情のまま、ドアの向こうへと話し掛ける。

「……私は、怒ってます。お義父《とう》さんが来たと思って、めちゃくちゃ緊張してたのに、いじってきちゃってさ。謝るつもりは、あるの？」

「――えっと。僕は本物の、遊一のパパだよ？」

「あー！　こっちが譲歩したってのに、また馬鹿にしてー‼　もう、ぜーったい許さないもんね！　帰れー！　わー‼」

――ん？　今の声って……。

「結花、ちょっと落ち着いて。それ、勇海じゃな――」

「遊くんに言われたって、許さないもんっ！　勇海のばーか！　ばーか、ばーか‼」

「――ぶっ！　ウケる！　勇海、マジで帰ったら？」

「うるさいな、那由ちゃんは……ああ。この状況を見たら、結花ってば、もっと怒るんだろうな……」

勇海が那由と話している声が、結花の耳にも届いたらしい。

声を上げようと口を大きく開けたままの状態で、完全に固まっている。

そんな結花に追い打ちを掛けるように。

その男は――俺の親父は、困ったような声で言った。

「元気なのは、いいことだと思うんだけどね？　取りあえず、家に入れてほしいなぁ……結花さん？」

◆

——というわけで。

たまたま勇海と同じタイミングで到着したらしい親父と那由を、我が家に上げてから。

俺は二階の自室に籠もってしまった結花に、声を掛ける。

「結花、出ておいでって」

「…………死にたい」

「大げさだってば。うちの親父の非常識レベルに比べたら、さっきのなんかたいしたことないんだから」

「……勇海を道連れに、私は死ぬの……」

「え、僕も⁉」

振り返ると、そこには勇海と那由の姿があった。

親父は親父で、少し遅れて階段をのぼってきている。

「ってか、どうすんのこの状況？　取りあえず、勇海は切腹しかなくね？」

「……勇海を介錯《かいしゃく》して、私も死ぬんだ……」

「ひぃ⁉　結花が本気のトーンだ……ど、どどどうしましょう遊にいさん⁉」

いや、自分で蒔《ま》いた種だよね？

そんな怯《おび》えるくらいなら、最初からからかわなきゃいいのに……相変わらずだな勇海は。

「遊一、随分と楽しそうに暮らしてるんだな。父さんは安心したぞ？」

「今、絶対そういうこと言う空気じゃないからな？　今度は親父《おやじ》を閉め出すぞ？」

ふざけたことを言ってくる親父に、辛口のツッコミを入れてたら。

俺を押しのけて、那由が——結花の部屋のドアの前に立った。

「ったく、しゃーない。ここはあたしが、一肌脱ぐわ。兄さん、あとで金塊千トンね？」

「なんだその、聞き慣れないねだり文句……俺はお前が一肌脱ぐのが、恐ろしく不安なんだけど？」

「はぁ？　うざ……マジないし。この中で誰が、一番うまく結花ちゃんを説得できると思ってんの？　勇海の億倍、あたしの方がマシじゃね？」

いや、現状は勇海じゃどうしようもないけど。

普段の行動がアレな点は、那由も勇海も、たいして変わんないからね？

「ま、任しといて。クリスマスの恩もあるから——ちゃんとやるし、マジで」

そしてコンコンと、結花の部屋のドアをノックする那由。

「結花ちゃん、問題。部屋の前には、誰がいるでしょう？」

「那由ちゃんと遊くん、それから……いーさーみー……」

「ぼ、僕だけなんで、そんな呪いの声みたいに呼ぶの!?」

「勇海、うっさい。黙って寝てろし」

結花ってば、親父が二階に来てるって気付いてないのか。

そんなことを考えてる俺に、那由が目配せをして、首を横に振る。

よく分かんないけど那由の奴……それを確認するために、最初の質問をしたっぽいな。

「んじゃ、結花ちゃん。改めて聞くけど……なんでそんな落ち込んでるわけ？　うちの父さんなら、あんなん気にするようなまともな人間性、持ち合わせてないけど？」

「――そうは言うけどさ。ちゃんとしたご挨拶、したかったんだもん……遊くんのお嫁さんとして」

結花が消え入りそうな声で答えた。

そんな結花に対して、那由は珍しく優しい声音で語り掛ける。

「なるほど。お嫁さんとしてのプライドとか、そういう感じ？」

「プライドじゃないけど……しっかりしたお嫁さんを、見せたかったの。遊くんと離れても、安心して大丈夫ですよお義父《とう》さまって……そんな風に、思ってほしかったんだ」

「そっか。兄さんのことが好きだもんね、結花ちゃんは」

「……うん。大好き」

本当に純粋な気持ちを零《こぼ》す結花。

そんな結花に向かって、那由は尋ね続ける。

「じゃあ、聞くけど。結花ちゃん、兄さんのどんなとこが好きなわけ？」

「そんなの、いっぱいありすぎて言いきれないけど……えっと、まずは優しいところかな。いつも私のこと大切にしてくれるし、那由ちゃんとか、家族のことも大切にしてて――、えへへっ……もう、絵本の中の王子様みたいなんだよねっ」

結花、結花。

俺がここにいるって分かってて、発言してるんだよね？

俺を照れ死させるつもりなの、なんなの？

「格好いいとこも好きっ！　見た日も格好いいけど、内面なんかスーパーイケメンなんだもん!!　だけど、ときどき可愛くって……ふへへっ、食べちゃいたくなるの。格好よくて可愛いとか、もはや神話の世界だよねっ!!」

やめよう、この話。

もう俺の致死量をとっくに超えてるから。

「それにね、遊くんはね。いっぱい辛《つら》いことを経験して、だけどずーっと頑張ってきたでしょ？　だから……もっと甘えたかったよーって。そんな風に思ってる気がするんだー。そんなところもね、可愛くって――抱き締めたくなっちゃうの」

結花の言葉に……俺はクリスマスの夜を思い出す。

泣きじゃくる那由を優しく撫《な》でていた結花に。

笑顔で俺を支えてくれた結花に。

たしかに俺は無意識に――遠い昔の母さんの姿を、重ねちゃったんだよな。

うん。それは認める。

認めるけど……これ以上は恥ずかしいから、マジでやめてほしい。

けれど、一度火のついてしまった結花が、簡単に止まるわけもなく。

「そんな遊くんを、私はいっぱい癒《いや》してあげたいし。一緒に楽しい想《おも》い出《で》も、作っていきたいんだ。うまくまとめられないけど、とにかく――私はそんな、色んなところがある遊くんのことが、大好きなんだっ！」

「――ありがとう、結花さん。遊一を、そこまで想ってくれて」

那由と結花の会話を黙って聞いていた親父が――ふいに、言葉を発した。

それを聞いた結花は……なんかドタンバタンと大きな音を立ててから、ガチャッとドアを開けて飛び出してくる。

「お、おおおお義父《とう》さま！　た、大変な失礼をいたしました‼　私は綿苗結花でして、遊一さんのことが大好きでして、えっとえっと……」

「大丈夫だよ、結花さん。君の気持ちは、よく分かったからね」

テンパりまくってる結花に、笑顔のままそう言って、親父は俺の方を振り返った。

「いやぁ。二人の生活がうまくいってるみたいで、父さんは嬉《うれ》しいよ」

「……嬉しいよ、じゃねーよ。俺たちになんか言うことがあるだろ、親父」

「言うこと――そうだね。綿苗さんから聞いたとおりだと思うけどね？」

飄々《ひょうひょう》とした態度で、軽口を叩《たた》いてから。

親父はわざとらしく、こほんと咳払《せきばら》いをして――この結婚の真実を、語りはじめた。

「綿苗さんから聞いたと思うけども。この結婚の話はね……僕がお願いして、はじまったものなんだ。結花さんが――『和泉《いずみ》ゆうな』さんだって、知った上でね？」

第16話　【この結婚の】父、語る【裏側で】

結花《ゆうか》のお父さんから聞いたとおりだと思うけど……なんて軽い前振りから。

ありえない爆弾発言をしやがった親父に、俺は呆気《あっけ》に取《と》られてしまった。

「……今、なんて言った？　親父」

「この結婚は、僕がお願いしたことがはじまりなんだよ、息子！　……かな？」

「そこじゃねぇよ！　その後だ、その後‼」

「――ああ。結花さんが『和泉《いずみ》ゆうな』さんだってことは、最初から知ってたよ？」

なんだこいつ。

さらっととんでもないこと言ってんの、分かってる？

「ちょい、父さん。結花ちゃんと兄さんを引き合わせるとき、あたしもそんなん、聞かされてなかったんだけど？」

「言ってなかったからね！」

「何こいつ、うざ……兄さん、一緒に埋めよう」

ＯＫ、那由《なゆ》。久しぶりの兄妹《きょうだい》協力プレイだな！

なんて、俺たちが血気盛んになってるそばで——結花が戸惑いがちに言った。

「——お義父《とう》さま、聞いてもいいですか？　私が和泉ゆうなだって知ってた、ってことは……和泉ゆうなだから、お義父《とう》さまはこの結婚話を持ち掛けたってことなんですか？」

「いい勘をしてるね、結花さん。そのとおりだよ」

「そ、そうだったんですか……‼」

「まさか、そんな裏側があったなんて……僕も思わなかったです」

結花と勇海《いさみ》は素直に受け取って、びっくりした顔してるけど。

俺と那由は、欠片《かけら》も納得しちゃいない。

「いやいや。その理屈はおかしいだろ。親父の出世に響くからって理由で、政略的に結婚話になったたって、そう言ってたじゃねーか」

「さすがにこれは、兄さんに同意だわ。ちゃんと説明しろし」

「え？　そんなこと言ってないよ？」

この期《ご》に及んで、まさかの言い逃れをはじめやがった。

いやいや、絶対言ってたから。

あまりにも衝撃的すぎて、最初に親父から言われた電話の内容——今でもちゃんと覚えてんだからな？

『父さんはな、大事な時期なんだよ。海外の新しい支所の重要なポジションを任されて、このまま出世ルートを歩むか、先墜して窓際《まどぎわ》に追いやられるか』

「うん。それで？」

『そんな中、父さんは得意先のお偉いさんと親しくなった。先方の娘さんは、高校から上京して一人暮らしをしているそうでな。男親としては、防犯とか悪い虫とか、色んな心配があるらしい』

「……なんとなく先が読めた。そのお偉いさんの娘が、俺の結婚相手なわけか」

『お前の結婚に、佐方《さかた》家の命運が懸かってるといっても過言ではない』


「――ほら。言ってないでしょ？」

俺が当時の話を突きつけても、親父は何食わぬ顔でそんなことを言いやがった。

「言ってるじゃねーかよ……出世ルートを歩くかの大事な時期だって」

「うん。大事な時期だったからね、残業時間もとんでもないことになってたよ」

「そんな中、得意先のお偉いさんだった結花のお父さんと、親しくなったんだろ？」

「そうそう。仕事の打ち合わせの後の呑《の》み会でね」

「で、結花のお父さんが、結花の一人暮らしを心配してて……俺の結婚に、佐方家の命運が懸かってるって……」

――――あれ？

ここにきて俺は、なんだかうまく説明できなくなって、言葉に詰まってしまった。

そんな俺を見ながら、親父《おやじ》は飄々とした態度で話をまとめはじめる。

「あの頃の僕は、出世の懸かった大事な時期だった。そして同じ時期に、綿苗《わたなえ》さんと知り合って、結花さんの一人暮らしを心配してる話を聞いた。その二つは事実だけど――その二つが関係してるなんて、僕は言ってないでしょ？」

…………マジかよ。

親父のその言葉に、俺は愕然《がくぜん》として二の句も継げない。

「兄さん、このペテン師に騙《だま》されんなっての。確かに、その二つが関係してるとは言ってないけど……『佐方家の命運が懸かってる』とか言ってんじゃん。それはどう説明するわけ、ペテン師？」

「えっと……取りあえず父さんのことをペテン師って呼ぶの、やめてほしいな？」

親父は眉をひそめつつ、そう零《こぼ》してから。

俺たちに向かって——言ったんだ。

「それじゃあ順を追って話すよ。この結婚が決まった、そのいきさつをね？」

◆

——親父の話を聞きながら、俺は頭の中で整理していった。

仕事の関係で東京に来ていた親父は、そこで初めて結花のお父さんと出会った。

その後に開かれた宴席で、近くの席になった二人は……お互いに高校生の子どもがいるってことで、話に花が咲いたらしい。

結花のお父さんは——声優デビューが決まって、高一から上京した娘の話を。

親父は――父母の離婚と、中三での手痛い失恋から、三次元に興味をなくして『アリステ』にのめり込んだ息子の話を。

……なんか俺の心証最悪じゃない？

って思ったけど、そこは怖いのでツッコまないでおいた。

そんな感じで、親父が『アリステ』って名前を出したことで……結花のお父さんは、そこに出演している声優・和泉ゆうなが娘だって、教えてくれたらしい。

そして、和泉ゆうなと聞いた親父は――それが俺の愛してやまない、ゆうなちゃんの声優だとピンときたらしく。

そこそこ酔いの回ってた親父は、思いきってこう言ったんだとか。

「うちの息子は、ゆうなさんだけを愛して、今を生きてるんです！　だから絶対に、娘さんを幸せにできるので――二人の縁談を考えていただけないでしょうか‼」

……どう考えても、ガチのヤバい人の発言だよな。

しかも相手の息子が、ゆうなちゃんだけを愛して今を生きてるって。ヤバさとヤバさが掛け合わさって、天元突破してる。

当然といえば当然なんだけど――その提案に対して、結花のお父さんは最初、難色を示したらしい。

だけど親父は諦めず、俺のアピールポイントをたくさん伝えたんだとか。何を伝えたんだかは、怖すぎるから聞かないけど。

それで、最終的には――。

なんか、うまくまとまったらしい。


「――ちょっと待て。『なんか、うまくまとまった』って、なんだよ？」

最後の最後をふわっと終わらすなよ。

「いやぁ。僕も最後の方は、かなりお酒が回ってたからねぇ。正直、ちょっとねぇ」

「……覚えてないってことかよ」

どう考えても、絶対そこが一番大事なポイントじゃねーか。

なのに、曖昧にまとめられてしまって……俺は愕然とする。

「まぁそんな感じで、『佐方家の命運』を懸けた遊一《ゆういち》と結花さんのお付き合いがはじまった――ってわけだ！」

「待て待て、結局なにが『佐方家の命運』なんだよ⁉」

「そりゃあ、遊一が三次元に興味がないまま行くと——佐方家の跡継ぎが途絶えちゃうからね。この縁談に、佐方家が存続できるかどうか、その命運が懸かってるでしょ？」

「……………ぐぬぬ。まぁ理屈は通ってるけど……」

「はぁ……なるほどね。この件も結局、野々花来夢《ののはならいむ》のせいだったってわけだ」

何も言い返せない俺のそばで——那由がぼやいた。

「……いやいや。さすがにこれを来夢のせいにするのは、言い掛かりだろ？」

「言い掛かりじゃねーし。噂《うわさ》をばら撒《ま》いたのが、野々花来夢じゃなかったとしても……兄さんを勘違いさせる行動を取って、兄さんをとち狂わせて、佐方の家系を潰そうとしたわけっしょ？　そんなん、傾国の悪女じゃん。マジ、クレオパトラ」

めちゃくちゃな論理を展開してから。

那由は俯《うつむ》いて——ギュッと唇を噛《か》んで、言った。

「父さんは、確かにイミフだけど。三次元に興味なくなった兄さんを置いて、日本を離れんの……あたしだって心配だったし。だから、そんなん——野々花来夢のせいだし」

「……那由」

今にも泣き出しそうな顔をしてる妹の頭に、俺はそっと手を乗せた。

俺たちのやり取りを見守っていた結花も、てこてこと那由に近づいて、その身体《からだ》をギューッと抱き締める。

勇海は勇海で、同じ妹として思うところでもあったのか、自身の目元を拭ってる。

そんな、少しだけ湿っぽい雰囲気になった廊下で――親父はというと。

「ああ、そういえば。ひとつだけ、綿苗さんが言ってたことを思い出したよ！　『私が結婚を認める前に、肉体関係を結ぶような軽薄な男であれば、絶対に許さない』……って」

――再びとんでもない爆弾発言を、ぶっ込んできやがった。

その瞬間、その場にいた全員の視線が一斉に……一人に向けられる。

「……え？　兄さんも結花ちゃんも、勇海まで。なんであたしのこと睨《にら》んでんの⁉」

視線を感じたらしい那由が、焦《あせ》ったように声を上げた。

焦るってことは、心当たりがあるんだろ？

これまで散々、子作りがどうとかっていたずらを仕掛けてきた那由。

それであやうく、俺たちの結婚がゲームオーバーになるところだったわけだが……どう思う？

「い、いやいや！　父さんたちのそんな内情、あたしが知るわけないっしょ⁉　いくらなんでも理不尽じゃね⁉　もぉ……ふざけんなし、マージーでっ‼」

◆

そんな感じで、色んなことのあった一日だったけど。

明日の顔合わせに備えて、早めに寝ようって流れになった。

「はぁ……マジで嫌なんだけど、勇海と一緒とか」

「それは僕のセリフだよ。寝てる間に、那由ちゃんに何されるか分からないもの」

今回は親父もいるので、一階を親父に割り振ることにして、消去法で那由と勇海が同室で寝ることになった。二人とも、最後までぐだぐだ文句を言ってたけどね。

そして、俺と結花は普段どおり……並べた布団《ふとん》にそれぞれ入って、電気を消した。

「……ゆーくーん」

「なぁに、結花？」

寝転がったまま、天井を見上げていた俺に、結花がもぞもぞと近づいてくる。

そして、ピトッとくっついたかと思うと……ぐりぐり頭を押し当ててきた。

くすぐったいんだけど、それ。

「遊《ゆう》くん、眠れない？」

「うーん……まぁ、ちょっとね。やっぱり緊張しちゃって」

――遊一くん。結花が君からもらっているものは、なんだね？

明日は、結花のお父さんとお母さんが、わざわざこちらの方まで来てくれる。

そして、うちの家族と結花の家族で顔合わせをして、食事会という流れなんだけど……

そのときこそ俺は、お義父《とう》さんの問い掛けに答えないといけない。

いや……違うな。

答えたいんだ。結花の『未来の夫』として――恥じないように。

そのために俺は――来夢と会って、中三の黒歴史と向き合った。

親父から結婚の本当の経緯を聞いて、お義父《とう》さんの気持ちに向き合おうとした。

お義父《とう》さんに認めてもらって、これからも結花と、笑顔で一緒にいるために。

だけど……。

「結花、いつもありがとうね」

「なぁに、急に？　こっちこそ、ありがとうだよー遊くんっ」

「……俺さ。結花に、色んなものをもらったなって思うんだ。中三の冬にどん底に落ちたときは、ゆうなちゃんのおかげで立ち上がることができたし。一緒に暮らすようになってからは、結花のおかげで――楽しい想《おも》い出《で》が、たくさんできた」

「えへへ……うんっ」

「だから、なんだか――申し訳ないなって、思っちゃうんだよ。結花がくれたものは、数えきれないほどあるのに。俺はなんだか……もらってばっかりだなって」

「――遊くんって、おばかさんなとき、あるよね」

つい弱音を漏らしてしまった俺を見て、結花はくすくすっと笑う。

そして、俺の手を握って――言った。

「お父さんが言ったこと、難しく考えすぎなんだよ。私は遊くんのおかげで、いっぱい幸せなんだもん。だから……お父さんがもしも本気で結婚に反対したって、大丈夫っ！」

「大丈夫って……どういうこと？」

「そのときは――駆け落ちしちゃうもんっ」

ドヤ顔でとんでもないことを言う結花に――俺はつい、笑ってしまう。

そんな俺を見て、結花も楽しそうにニコニコ笑う。

「とにかく、それくらい大好きってこと！　だって遊くんは、出逢《であ》う前から私のことを支えてくれた、大切な人だもんねーだっ‼」

……………出逢う、前から。

――お前は『恋する死神』……ゆうな姫を誰よりも愛し続けてきた、最強のファンだろ。

電流のように、結花の正体を知ったときのマサの言葉が、脳内で再生された。

それと同時に、胸の中につかえていたものが――すっと溶けていくのを感じる。

「……そっか……分かったよ、結花」

「え、遊くん？　どうしたの？」

びっくりする結花を横目に、俺は布団から跳ね起きると――ゆうなちゃんグッズで埋め尽くされた机の、一番下の引き出しを開けた。

そして、一番奥に突っ込んでいた、黒い小箱を取り出して。

「やっと見つけたよ、結花……お義父《じょう》さんに胸を張って言える『答え』を」

第17話　男の一世一代のイベントがはじまるから、聞いてほしい

——そして、決戦の朝が来た。

なんて言うと、さすがに大げさって思われるかもだけど……俺からすると、それくらいの覚悟がいるんだから仕方ない。

今日これから行われるのは——俺の家族と、結花《ゆうか》の家族の顔合わせ。

それはまさに、男にとって一世一代のイベント。

相手の父親に認めてもらうため、全力を尽くす——試練のときなんだ。


「……よしっ」


身支度を終えた俺は、自分の部屋に戻ると、机に置きっぱなしにしていたスマホを手に取った。

画面にポップアップ表示されてるのは、二件のＲＩＮＥ通知。

そう、事情を知ってる二人の友人からの——激励のメッセージだった。

『リアル許嫁《いいなずけ》の両親に挨拶イベントとか、すげーな遊一《ゆういち》！　ゆうな姫のためにも、選択肢間違えんじゃねーぞ？　三次元はリセットできないんだからな‼』

こんなときまで、ゲームでたとえてくるなっての。

ったく……ありがとな、マサ。

『やっほ、佐方《さかた》！　緊張しすぎてない？　ヒーローは何度も悩んで、何度も苦汁をなめて、それでも戦い続けて――最後に答えを出すわけ。ぜってー負けんなよ？　結《ゆう》ちゃんを幸せにできんのは、佐方だけなんだから……ぶっちぎれ！　応援してんよ☆』

二原《にはら》さんらしい、熱気の伝わってくる文面だな。

ありがとう。いつも助けてもらってばっかだけど、今日くらいは――自分の力だけで、頑張ってみせるから。

「遊《ゆう》くーんっ！　そろそろみんな、出掛ける準備できたよー？」

結花の俺を呼ぶ声が、一階から聞こえてくる。

スマホをポケットにしまうと、机の一番下の引き出しを開けて――奥の方から、黒い小箱を取り出した。

そして、それを手提げカバンの中に入れてから。

俺は深呼吸をひとつして……自分の部屋を後にした。

◆

これまでの人生で来たことのないような、豪奢《ごうしゃ》な料亭の一室。

畳の上に卓と椅子が置かれた、日常ではお見掛けしないレイアウトの、その部屋で。

俺と那由《なゆ》と親父《おやじ》は——先方の到着を待っていた。

「……こ、これ、高級料亭的なとこっしょ？　やば、兄さん……あたし、作法とか分かんないんだけど」

「なんで那由が緊張してるんだよ……俺も作法とか分かんないけど、取りあえず落ち着けって」

「そうそう。そんなに硬くならなくたって平気だよ！　リラックス、リラックス」

「……けっ」

気恥ずかしくなったのか、俺と親父から顔を逸《そ》らすと、那由はもぞもぞと慣れないスカートの裾を整えた。

一応フォーマルな服装にしよう……ってことで、那由はブラウスとロングスカートなんて、滅多にしない格好をしている。

俺は俺で、ワイシャツにネクタイという、フォーマルな服装で待機中。

「お客様。失礼いたします」

すっと、ふすまが開き……女将《おかみ》さんらしき人が正座したまま、恭《うやうや》しくおじぎをした。

「お連れ様がいらっしゃいましたが、ご案内して大丈夫でしょうか？」

　──そして。

結花のお父さんとお母さんが、部屋に招き入れられた。

黒縁眼鏡から覗《のぞ》く眼力の強い瞳と、白髪交じりの短髪。和装に身を包んだ、威厳に溢《あふ》れた雰囲気の──結花のお父さん。

肩あたりまである艶《つや》やかな黒髪が、着物姿に映えている──結花のお母さん。

「お、お待たせしましたっ！」

それに続いて、二人を迎えに駅まで行っていた結花と勇海《いさみ》が、部屋に入ってくる。

白いブラウスと淡い色のカーディガンを着て、くるぶし丈くらいのロングスカートを穿《は》いた──いつもより大人びた格好の結花。

そして──白いワイシャツの上に、執事のような黒い礼装。

カラーコンタクトの入った瞳が青く輝いてる、普段となんら変わらない格好の勇海。

「……男装って、ドレスコード的にありなの？　勇海、馬鹿なの？」

「那由、静かに……勇海も一応、許嫁の家族って括《くく》りなんだから。変だと思っても、言葉に出したら駄目だって」

「えっと……聞こえないくらいの声量でやってくれます？　二人とも」

勇海の格好を巡って、つい砕けたやり取りをしてしまったものの。

すぐに場は、厳かな雰囲気に戻って。


俺、那由、親父。

結花、勇海、お義父《とう》さん、お義母《かあ》さん。


佐方家と綿苗《わたなえ》家が、対面になる形で着席して——両家の顔合わせの会が、幕を開けた。

「綿苗家の皆さん。本日は遠路はるばるお越しくださり、ありがとうございます。そして……ご無沙汰しております、綿苗さん」

「……ええ。こちらこそ、貴重なお時間を作ってくださったこと、感謝しておりますよ。佐方さん」

「結花さんと遊一のご縁があって、綿苗家と佐方家でこのように集まる場が設けられたこと、誠に嬉《うれ》しく感じております。本日は短い時間ではございますが、両家の親睦を深める有意義な時間にできればと思います――それでは、まずは自己紹介を。申し遅れました、遊一の父――佐方兼浩《かねひろ》です」

普段のおちゃらけた親父とは思えない、堂々とした仕切り。

そっか。家ではあんな親父だけど。

重要な仕事も任されてるらしいし、こういう肝心な場面では堂々としてるし……なんだかんだ外では、しっかりしてるのかもな。

「それじゃあ、我が家から順番に自己紹介をさせていただければと思います――遊一」

「……はい」

こういうかしこまった雰囲気って慣れないけど。

この先の決戦に備えて、ここで躓《つまず》くわけにはいかないからな。

「佐方遊一です。このたびは遠いところまで足を運んでいただき、ありがとうございます。本日はどうぞ――よろしくお願いいたします」

ふぅ……なんとか噛《か》まずに挨拶できた。

そして次は、俺の隣に座っている我が妹。

「は、初めまして！　さ、佐方な、那由……中二で、遊一の妹で。えっと、えっと……よろしくお願いします……」

挨拶が終わったと同時に、ずーんっと落ち込む那由。

こんなになってる那由を見るのって、珍しいな。

それだけ俺の縁談に水を差したくないって、思ってくれてるのかもしれない。ありがとうな、可愛《かわい》い俺の妹。

「わ、綿苗結花です！　本日はこのような、素晴らしい会を開いていただき、ありがとうございますっ‼　とっても、とっても──楽しみです‼」

続いて挨拶をしたのは、いつもどおりの無邪気さ全開の結花。

こんな場面でも結花が発言すると、なんだかパッと明るくなるんだよな。

「──結花の父、綿苗陸史郎《りくしろう》です。本日はこのような席を設けていただき、大変ありがたく思っております。歓談の折にでも、ゆっくりと親睦を深められますと幸いです」

お義父《とう》さんの挨拶は、うちの親父とも違う──とても厳かな雰囲気のものだった。

低くて重々しいその声は、聞いているだけで、思わず気圧《けお》されてしまうほど。

続いて立ち上がったのは、お義母《かあ》さんだった。

「ゆ、結花の母――綿苗美空《みそら》です！　こうしたかしこまった場は、あまり得意ではないので……お互いリラックスして、交流を深められればと思います。どうぞ、どうぞ結花を……よろしくお願いいたします‼」

……なんか、お義母《かあ》さんの挨拶のときだけ、結花と勇海がやたら構えてた気がする。

厳格なお義父《とう》さんと、ちょっと天然なお義母《かあ》さん――綿苗家はこういうバランスで、これまでうまくやってきたんだろうなって思う。

そして最後は――勇海。

「どうも。結花の妹、綿苗勇海です。結花は甘えん坊で、抜けているところもあって、まるで手の掛かる妹のような存在ですが。そんな結花が幸せになることを願っていますので――これからもよろしくお願いいたしますね、皆さん？」

そんな気取った挨拶をしてから、席についた勇海だけど。

着席と同時に、結花に思いっきり足を踏まれたのを……俺は見逃さなかった。

◆

それから家族の顔合わせは、歓談の時間となった。

「今さらだけどさ。僕は中三、那由ちゃんは中二なんだよね。だから——僕のことを勇海お姉さまって呼んでもかまわないんだよ？」

「……ちっ。人が気を遣って、おとなしくしてるからって……」

喜色満面を絵に描いたような顔をして、勇海がいつものお返しとばかりに、那由に対して強気に出てる。

那由から普段、散々いじられてるからな。まぁ気持ちは分からんでもないけど……そいつ、めちゃくちゃ根に持つタイプだからね？

後から勇海が泣かされてる姿が、目に浮かぶ。

「ゆ、遊一さん！　今日は、本当にお日柄もよく!!　そ、そちらでは結花、元気に過ごしてますでしょうか……？　どうか、どうか！　結花を無事に、過ごさせてやってください……っ!!」

一方の俺は、お義母《かあ》さんから凄《すさ》まじいテンションで話し掛けられていた。

「お母さん、失礼だから！　私は元気！　ほら見てよ‼」

「で、でも……家の中は見えないから、心配で……」

「もぉー、心配性なんだからー……お父さんからも、なんとか言ってよぉ‼」

「──母さん、大丈夫だよ。遊一くんは、そういう子ではない」

お義母《かあ》さんと結花の掛け合いに対して、冷静に告げるお義父《とう》さん。

それからお義父《とう》さんは、正面に着席している──俺の親父との会話に戻る。

「すみませんね、佐方さん。家内は少し、心配性が過ぎる性格でして」

「いえいえ。こんなに可愛らしい娘さんがいらっしゃれば、心配するのも当然ですよ。本当に結花さんは、素敵な娘さんですからね」

「もったいないお言葉です──まだまだ至らないところばかりで、気苦労の絶えない娘ですよ」

「それを言うなら、うちの息子の方がよっぽどです。お互いまだまだ、子離れできませんね綿苗さん？」

「まったくです」

いつもはおどけた態度ばかりの親父が、なんだか大人な会話をしている。

それと対峙《たいじ》するお義父《とう》さんもまた、身じろぎひとつせず、冷静な態度を崩さない。

そんな二人のやり取りを横で見ながら——心臓の鼓動が速くなっていくのを感じた。

「——綿苗さん。いつぞやは、遊一と結花さんの『結婚』という突飛な話を持ち掛けまして、大変失礼をいたしました」

「いえ。私もそれを呑《の》んだわけですから。謝っていただくことではありません」

「この結婚話は……私たち二人からはじまったものです。しかし、最終的に同棲《どうせい》という形に進んだのは、遊一と結花さん——『子どもたちの選択』によるものと認識しております。見解の相違は、ありますか？」

「——いいえ」

「それでは、改めてにはなりますが。二人の『婚約』、将来的な『結婚』について——両家とも納得しているという認識で、よろしかったでしょうか？」

今日の顔合わせの核心の部分に、親父《おやじ》が一気に切り込んだ。

心臓の鼓動が、さらに速まっていく。

そんな中、お義父《とう》さんは——重々しい口調で言った。

「……佐方さん。一度、遊一くんと二人っきりで、話をさせてもらえないでしょうか？」

——それから、親父が店の人に取り計らってもらって。

俺とお義父《とう》さんは、先ほどの個室から少し離れた、小さな部屋へと移動した。

畳の上に置かれた卓。向かい合う形で置かれた二つの椅子。

「……取りあえず、座って話そうか」

「は、はい！」

そうして、俺とお義父《とう》さんは——向かい合って着席した。

心臓の鼓動の速度は、もはや破裂するんじゃないかっていうほど。

意識が遠のきそうになる。呼吸が苦しくなる。

だけど——ここで怯《ひる》んだら、『未来の夫』失格だから。

俺は自分の膝に爪を立てて、顔を上げて、お義父《とう》さんを正面から見据えた。

「——少しだけ、昔話をしてもいいかな。遊一くん」

お義父《とう》さんもまた、俺に視線を向けたまま……淡々とした口調で、語りはじめる。

「恥ずかしながら、私は仕事人間でね。来る日も来る日も、深夜まで仕事尽くめで。家のことはほとんど、家内に任せっぱなしだった」

「……お忙しい仕事だというのは、知っています」

「結花が、学校に行けなくなった頃もな。私はろくに、時間を作ることすらできなかった。それに、こんな性格なものでね。気の利《き》いた一言すら、掛けてやれなかった。情けない話だが——本当に、父親失格だったよ」

淡々としているけれど、どこか寂しそうなその声は。

なんだか、水のようにすっと、俺の心に染《し》み込んでいく。

「私は何もできなかったが……結花は立ち上がり、声優になると決めた。ホッとしたのも事実だが、これでも男親なのでね。高校生の娘の一人暮らしは、やはり心配だった。だからこそ、佐方さんの提案にありがたいと感じる部分があったのも……正直なところだ」

そうやってお義父《とう》さんは、自身の内面を吐露していく。

結花への愛情を。過去の自分への悔恨を。複雑な父親としての心情を。

そして、お義父《とう》さんは——まっすぐに俺のことを見据えて。

あの日と同じ問い掛けを、口にした。

「だからこそ、結婚を認める前に、聞かせてほしいんだよ。遊一くん——結花が君からもらっているものは、一体なんだね?」

第18話　こんなどうしようもない俺だけど、守りたいものができたから

――結花《ゆうか》が、俺からもらっているもの。

再び投げかけられたその問いに、全身の神経がピリッと痺《しび》れる。

だけど俺は、拳をギュッと握りしめ、お義父《とう》さんをじっと見つめ続ける。

この日のために、俺は来夢《らいむ》と会って、自分の過去と向き合った。

そして、自分が抱いていた『野々花《ののはな》来夢』という幻想のトラウマを、清算したんだ。

だから――絶対に、目は逸《そ》らさない。


「…………僕は昔の結花さんを、話の中でしか知りません」


初めて結花をクラスで見たとき――地味で目立たない女の子だと思った。

それからすぐに、親が勝手に決めた結婚相手として顔を合わせて……思ったよりも趣味が合って、話しやすい子だと思った。

そして今は――無邪気で天然で、一緒にいると安心する子だなって、思っている。

「クラスメートの嫌がらせを受けて不登校になっていた頃の、辛《つら》く苦しい時間のことも。そんな自分を変えようと、声優のオーディションを受けて、一念発起して上京した決意の固さも。駆け出しの声優として頑張って、だけどなかなかうまくいかなくて、落ち込んでいた日々も。そばにいなかった僕は――言葉としてしか、知りません」

そう。本当に俺は、知らないんだ。

話としては聞いているけど、目《ま》の当《あ》たりにしていない俺には……想像することしかできないんだ。

今とは違う、笑顔をなくしていた頃の結花の悲しみを。

自分の殻を破って、声優として世界に飛び出した、結花の強い決意を。

声優という仕事の難しさに直面して、涙を流す日もあった、結花の苦悩を。

「――それは、仕方のないことだろう。君と結花は、もともと赤の他人だ。相手の生きてきた歴史をすべて理解するなんて……到底無理な話だ」

「ええ。恋人も、婚約者も、結婚相手だろうと――出逢《であ》った瞬間からしか、人は関わり合えないから。その後の時間の中でしか、お互いに与え合うことなんて、できないんだと思います……ただの人間同士の場合なら、ですけど」

「……どういう意味だね？」

普通だったら、人と人との関わりは——出逢った瞬間からしかはじまらない。

だけど結花には、別次元の顔があって。

俺にも、そんな別次元の彼女にメッセージを届ける、もうひとつの顔がある。

それこそが、俺の——お義父《とう》さんへの『答え』だ。


「僕が結花さんに、与えられていたものがあるとするなら。それは……出逢う前から届け続けてきた『言葉』です。結花さんではなく、和泉《いずみ》ゆうなさんに。佐方遊一《さかたゆういち》としてではなく——『恋する死神』として」


そして俺は、手提げカバンの中から、黒い小箱を取り出す。

小箱をお義父《とう》さんの方に向けると、俺はゆっくりと——その蓋を開けた。

中に入っているのは、無数の手紙の山。

そう。これは『恋する死神』が和泉ゆうなに向けて書いてきた、ファンレター。

——その、没案だ。

「……見て、いいのかね？」

「……はい。よろしくお願いします」

正直、お義父《とう》さんに読んでもらうには、稚拙で恥ずかしい文章だと思う。
そもそもここにあるのは、没にした代物なわけだから、尚更《なおさら》だ。
だけど、この箱に残してあるのは——どうしても捨てられなかった没案だから。
大切にしまっておきたいと思うほどには……彼女への想《おも》いで、溢《あふ》れているんだ。

『ゆうなちゃん。あなたがいたから、僕はまた、世界に飛び出すことができました。ありがとう。あなたに出逢えて、本当によかったです』

『ゆうなちゃん。慣れない収録で大変でしたよね。もし落ち込んだときは、寝てしまうのが吉ですよ。今日はゆっくり休んで、また素敵な笑顔を見せてくださいね』

『ゆうなちゃんの笑顔で、今日も元気をもらいました。世界で一番、大好きな笑顔です』

『ゆうなちゃんの笑顔は、みんなを元気にする力があります。いつもありがとう。僕も、ゆうなちゃんが笑顔でいられるよう——ずっとずっと、全力で応援しますね』

お義父《とう》さんが『恋する死神』の手紙をひとつひとつ、黙読していく。
静かに待機している間に――俺はふっと、結花と二人で引いたおみくじを思い出す。

◇縁談『思わぬ躓《つまず》きあり。心を強く持て』
◇縁談『貫けば叶《かな》う。走り続けよ』

――まったくもって、思わぬ躓きだったよ。
本気で悩んだし、本気で折れそうになった。
だけど――結花がずっと、俺への愛を貫いて、走り続けていたから。
そんな結花のそばにいられるよう、俺は心を強く持って、今この場に立っている。
……なんだかんだ、結花の言ったとおりだったな。
俺と結花のおみくじを足し合わせたら――良縁でしかなかったよ。本当にね。

◆

「……ありがとう。読ませてもらったよ」

永遠にも思えるくらいの時間を置いて。

お義父《とう》さんは読み終えた手紙を、小箱の中へと丁寧にしまった。

そして、天井を仰ぎ見るように顔を上げて――お義父《とう》さんは、問い掛ける。

「遊一くん――これが『答え』、なんだね？」

ちょっとだけ怯みそうになるけど、俺は踏み留《とど》まって。

言い放った。

「はい。これがお義父《とう》さんの問い掛けへの『答え』――僕が結花さんにあげることができたと、自信を持って言えるものです」

「――確かに。温かいメッセージだとは思う。だが、これはあくまで声優としての結花に対してのもの……ではないのか？」

「おっしゃるとおり、この手紙は和泉ゆうなさんに宛てたものです。けれど、『恋する死神』の伝えたかった想いは――そんな形だけのものじゃない。みんなを笑顔にする力を持った、誰よりも素敵な『彼女』に届けたかった……メッセージなんです」

そして俺は、自分の素直な想いを紡《つむ》いでいく。

万華鏡《まんげきょう》のようにころころと変わる――『彼女』の顔を思い浮かべながら。

「結花さんが和泉ゆうなとして演じた、ゆうなちゃんと出逢って……僕は生まれ変わった気がしました。結花さんが命を吹き込んだ、あの女の子の優しい声で——笑えなくなっていた僕は、笑顔を取り戻せたんです」

最初は、ゆうなちゃんだった。

二次元に存在するゆうなちゃんに、たくさんの元気と笑顔をもらった。

おかげで俺は、立ち上がる勇気を持つことができたんだ。

「それから僕は、和泉ゆうなさんにファンレターを送るようになりました。いつだって僕に元気をくれる彼女に……感謝の気持ちを伝えたかった。辛いことや悲しいことがあったときは、僕の言葉で少しでも——笑ってくれたらいいなって、思っていました」


次は、和泉ゆうなだった。

まるでゆうなちゃんみたいに、無邪気で天然な和泉ゆうなが、ずっと笑っていられるように。

永遠に応援し続けたいって、思ったんだ。

――そして俺は。

最後に、綿苗《わたなえ》結花と出逢った。

まだ桜が咲き誇っている……あの四月の日に。

「そんな和泉ゆうなさんが、親の決めた結婚相手だと知ったときは、本気で驚きました。だけど、僕が結花さんと一緒にいることを選んだのは……結花さんが和泉ゆうなだからとか、そんな理由じゃなくて。どんな彼女も――素敵な人だと、思ったからです」

ゆうなちゃんで。和泉ゆうなで。綿苗結花な――俺の許嫁《いいなずけ》。

出逢ってからこれまで、本当に色んなことがあったっけな。

楽しいこともたくさんあったし、とんでもない波乱が起こったりもした。

だけど、いつだって……結花が笑顔で、俺のそばにいてくれたから。

そんな結花の笑顔を守るためなら、俺は――どんなときも全力で、立ち向かうことができたんだ。

イベントとバッティングしてしまったボランティアのときも。

二原《にはら》さんがピンチになった夏祭りの夜も。

中学の辛い過去を乗り越えて頑張った文化祭も。

人生初の修学旅行とインストアライブの両立も。

那由《なゆ》のために奔走したクリスマスのときだって。

――――いつだって。


「ゆうなちゃんだとか、和泉ゆうなだとか、綿苗結花だとか……もう関係ないんです。僕が――俺が。心の底から愛し続けたいと思ったのは、全部ひっくるめた彼女だから！」


親の離婚を目《ま》の当たりにして、中三で手痛い失恋を味わってから――俺は三次元女子との恋愛を避けるようになっていた。

周りから不要な批判を受けずに済むように、『空気』みたいに振る舞って生きていこうって、そんな風に思っていた。

だけど――こんなどうしようもない俺だけど。

絶対に守りたいものが、できたんだ。

「だから俺はこれからも……彼女の笑顔を、守っていきます。楽しくて思わず笑ってしまうような毎日を、一緒に作っていきます。それこそが、俺が——結花さんにあげられるものだと思うから‼」


そうだよ。俺は、綿苗結花を……ずっと守っていきたいんだ。

世界の誰よりも愛している、大切な俺の——許嫁を。

「……結花の笑顔を守り続ける。それが、遊一くんの——『答え』か」

お義父《とう》さんは、俺の言葉をなぞるように、ゆっくりとそう言ってから。

研ぎ澄まされた刃のような、真剣な眼差《まなざ》しで——俺を見据えた。

「もしも私が、娘はやらん……と言ったら。どうする？」

「絶対に諦めませんと答えます。何度否定されても、何度だって頭を下げに行きます」

「娘が欲しいのならば、一発殴らせてもらおう……と言ったら？」

「喜んで、この頬を差し出します。どんなにぶん殴られたってかまいません。それで、結花さんと一緒にいられるのなら」

「……本気、なんだな？」

「ええ」

お義父《とう》さんから、一切目を逸《そ》らさずに、そう答えてから。

俺は席から立ち上がり――全身全霊を込めた言葉を放つ。

「声優の和泉ゆうなさんも、人と喋《しゃべ》るのが苦手で硬くなってしまう学校での結花さんも、無邪気で元気な素の結花さんも――全部ひっくるめて、愛しています。たとえ何千回、結婚に反対されても。俺は何万回だって、同じ気持ちを伝えにいきます。だから――」

そして、深く深く頭を下げて。

「お願いします、お義父《とう》さん！　結花さんを――俺にください‼」


――まさにその瞬間だった。

ふすまが開け放たれて……涙で顔をぐしゃぐしゃにした結花が、駆け込んできたのは。

「え、結花⁉　何をして――」

「私も、遊《ゆう》くんのこと……世界で一番愛してるからっ‼」

そう叫ぶが早いか、結花はギューッと、俺に抱きついてきた。

「ちょっと待って結花⁉　今は絶対、こういうのしちゃ駄目な場面だからね⁉」

「いいの！　だって私は、遊くんを……世界で一番、愛してるんだもんっ‼」

そんな小競《こぜ》り合《あ》いをしているそばで。

廊下の方から勇海《いさみ》と那由が、呆《あき》れたような顔をして入ってくる。

「……ああ、もう。結花ってば、抑えが利《き》かないんだから」

「ま、でも……こっちの方が、結花ちゃんらしくて、いいんじゃね？」

そしてそれに続くのは、ニコニコと和やかな笑みを浮かべたお義母《かあ》さんと親父《おやじ》。

「え、何？　ひょっとして、全員――外で聞いてたのか⁉」

「遊一の、一世一代の頑張りだからね。いやぁ、お父さんは成長した息子が見られて、眼福だったよ！」

マジかよ……新たな黒歴史が刻まれたような気がして仕方ないんだけど。

思わず脱力してしまった俺から、結花はパッと身を離した。

そしてそのまま、畳の上で正座して――うちの親父に向かって、深々と頭を下げる。

「遊一さんを、ずーっと『お嫁さん』として支えていくって誓います！　いっぱい笑顔にするって約束します‼　だから……息子さんを、私にください！」

真剣にそんなことを言う結花に――親父は「ぷっ」と噴き出した。

そして、それが伝染したみたいに、みんなが笑いはじめる。

そんな空気の中で……お義父《とう》さんは、自身の懐《ふところ》に手を入れると。

厳格そうな見た目と不釣り合いな、ピンク色の便せんを取り出した。

……って、え？　それってまさか、『恋する死神』のファンレターの没案？

なんで、それをお義父《とう》さんが持って――。

「最初に結婚の話が挙がったとき、私はすぐには首を縦に振らなかった。けれど、これを佐方さんに渡されたとき……ピンときたんだよ。上京した結花が、いつも電話で嬉《うれ》しそうに話している、その名前だとね」

え、親父にもらった？

まったく話が呑《の》み込めない中で、お義父《とう》さんは言葉を紡いでいく。

「結花が笑顔になれたのは、『恋する死神』――君のおかげだ。だから私は、佐方さんの提案を受け入れた。だが……和泉ゆうなではなく、綿苗結花を想《おも》ってくれているのか、それだけが不安でね。試すようなことをしてしまって――申し訳なかった」

「い、いや……それはいいんですけど……親父！　なんで俺の手紙を、お義父《とう》さんが持ってんだよ⁉」

頭の中がパニックすぎて、礼節とかそういうのが抜けちゃったけど……そんなこと気にしてる余裕もない。

だけど、当の親父はケロッとした顔で――なんでもないことみたいに言った。

「まぁ、そういうことだ……酔っ払って忘れたってのは嘘《うそ》！　ごめんな‼」

「やば……父さん、マジで言ってんの？　嘘吐《うそつ》きじゃん、怖っ」

「だって、こういうのは自分で答えを出さないと、意味がないでしょ？　はっはっはっ」

なるほど……那由の嘘吐きは、この父親の遺伝だったんだな。

なんかもう、ツッコむ気力も薄れたよ……ここまで来たら。

「こちらこそ、遊一のことを――よろしくお願いしますね。結花さん」

それから親父は、結花に頭を下げつつ言った。

それに続くように、お義母《かあ》さんが俺の前に歩いてきて……深々とおじぎをする。

「わたしは、結花と遊一さんは、とてもお似合いだと思うわ。だ、だから……娘をどうぞ、よろしくお願いいたします。遊一さん」

そんな大人たちの流れに触発されたのか。

那由と勇海も頭を下げて、思い思いの声を上げる。

「に、兄さんは駄目なところもいっぱいあるけど！　本当に優しい人なんで‼　絶対、結花さんを幸せにするって誓えるから――よろしくお願いします！」

「結花は、頑固なところもあるし、抜けてるところもありますけど……誰よりも優しい、自慢の姉さんだから。だからどうか……よろしくお願いします」

――なんだか、挨拶合戦のような様相を呈しはじめた、家族の顔合わせ。

そんなドタバタの中、俺は改めて、お養父さんに挨拶をしようとする。

「お義父《とう》さん。なんだか大騒ぎになってしまって、すみません。えっと……改めてなんですけど。結花さんを、僕に――」

「……何度も言う必要はないよ。君の気持ちはもう、分かっているから」

俺の言葉を遮るのと同時に。

ずっと硬い表情をしていた、お義父《とう》さんが……ふっと微笑《ほほえ》んだ。

その笑い方は、なんだか。

学校結花が、素の表情を見せたときに似ているような――そんな気がした。

「遊一さん。娘を――結花を、どうぞよろしくお願いします」

第19話【超絶朗報】俺の許嫁《いいなずけ》と、これからも一緒に

両家の顔合わせが終わって、俺と結花《ゆうか》はぐったりしながら、家に辿《たど》り着《つ》いた。

「はぁ……死ぬほど疲れた」

「遊《ゆう》くんお疲れさま……って言いつつ、私もかなり疲れちゃったなぁ……」

うちに泊まっていこうとしていた勇海《いさみ》は、お義父《とう》さんとお義母《かあ》さんに止められて、帰りの新幹線に連行されていった。

親父と那由《なゆ》も、今日はホテルを取っているらしく、顔合わせの後にすぐ別れた。

そうして、結花と二人っきりになったから――緊張の糸がぷつっと切れちゃった感じ。

その後、二人ともシャワーだけで済ませてから、布団《ふとん》を敷いて。

まだ二十一時くらいだけれども、二人とも早々に、布団の中に入った。

普段なら余裕で起きてる時間だけど、疲労のピークがきてるから仕方ない。

そして俺は、布団に入ってすぐ――寝落ちてしまった。

――――だけど、あまりにも早く寝ちゃったせいか。

俺は夜中にふっと、目が覚めてしまった。

目を開けた瞬間、飛び込んできたのは……俺の上で四《よ》つん這《ば》いになって、唇を近づけている結花の姿。

「……結花？」

「んにゅ？　…………んにゃあああああああああ!?」

俺が起きてることに気付いた途端、結花は大絶叫して。

そのまま部屋を飛び出し、バタバタと一階に駆けおりていった。

……夜中だってのに、元気だな。うちの許嫁は。

仕方がないので、俺は布団から這《は》い出《で》ると、階段をおりてリビングに向かう。

そんなリビングの隅っこには。

体育座りをしたまま、ガクガクブルブルと震えてる結花の姿が。

「えっと……今日のこれは、どういうイベントなの？」

「ひぃぃぃぃぃ……わ、私が遊くんの寝込みを襲ってるところを、見つかってしまった……っ！　お嫁さんの許可がもらえたからって、わーいって調子に乗っちゃった、イケナイ結花の姿を……っ‼」

んーと……めちゃくちゃ怯《おび》えてるところ悪いけど。

普段もそんなに、やってること変わんないからね？

なんて——いつもどおり、無邪気で天然な結花を眺めていたら。
なんだか俺は、ふっと憑《つ》きものが落ちたような……そんな感覚を覚えた。

父母の離婚とか、来夢《らいむ》との一件とか、色んなことを理由にして——三次元女子とは二度と恋愛しないなんて、頑《かたく》なになってた少し前までの俺。

それって、色んな理由をつけて、自分で自分を『拘束』してただけなんだろうな。

もう傷つかないで済むように。自分の弱い心を隠せるように。

過去のせいにして、自分の気持ちとか行動を縛って……逃げていたんだ。きっと。

だけど、今日——お義父《とう》さんと話して、踏ん切りがついた。

ゆうなちゃんのことは、今でも宇宙一愛している。

それを演じる和泉《いずみ》ゆうなのことも、この世界の誰より応援している。

けれど、綿苗《わたなえ》結花のことは。

二・五次元だとか、推しの声優だからとか、そういうことじゃなくって……ただ。

――純粋に、愛しているから。

これからはもう少し、自分の心に素直になろうと思う。

「結花。こっち向いて」

「ひぃぃぃ……悪い子だから怒られちゃうぅぅぅ……」

「怒んないって。ほら、いいから……こっち向いて？」

「……うにゃ」

猫語で答えると、結花はおそるおそるって感じで、俺の方に顔を見せた。

そんな結花の背中に、そっと腕を回して。

俺は結花を、自分の方に抱き寄せるようにして――。

そっと唇に――キスをした。

「………………うにゃあああああ⁉」

パッと唇を離すと、結花は顔を真っ赤にしてじたばたと身をよじって、そのままカーペットへと倒れ込んだ。

いつもとんでもない攻め方するくせに、攻められると弱いんだから。結花は。

「え？　ゆ、遊くんと私……キス、しちゃった⁉」

「いや、これまでもしたことあったでしょ……」

「あるけど！　遊くんから自発的にしてきたのなんて……初めてじゃんよ‼」

真っ正面からそう言われると、こっちまで恥ずかしくなるから、やめてほしい。

確かにそうだけどさ。

事故だったり、結花からされたり、結花からねだられてしたりはあったけど……こういう感じでしたのは、初めてだ。

「嫌だった？」

「い、嫌なわけないじゃん！　……めちゃくちゃ嬉しい、です」

うーっと唇を尖《とが》らせて、上目遣いにこっちを見てくる結花が愛おしすぎて。

俺はそんな結花のことを――もう一回、ギュッと抱き締める。

「にゃあああああ⁉　か、過剰サービスすぎるよぉぉ、遊くーんっ‼」

「サービスとかじゃないって。ただ俺が――結花をギュッとしたかっただけ」

「きゃあああああ⁉　遊くんが、甘い言葉を囁《ささや》いてくるよぉぉぉぉ‼」

……えっと。人のことをなんだと思ってんの、結花は？

いつも我慢してるけど、俺にだって……結花を抱き締めたいときくらい、あるっての。

そんな分からず屋な結花のアゴに手を当てて。

俺と向かい合うように、結花の顔をくいっと動かした。

「結花。いつもありがとうね……大好きだよ。愛してる」

「は、はうぅぅ……わ、私も、だいしゅき……」

めちゃくちゃ腰が引けた感じで変な声を漏らす結花が、いっそおかしくて。

俺は向かい合ったまま、「あははっ」と笑ってしまった。

「……ぶー。笑わないでよぉ、もぉ」

「ごめんごめん。だって結花が、めちゃくちゃテンパってるから面白くて——」


——その瞬間。

俺の唇に、柔らかくて甘いものが、優しく触れた。

俺がびっくりして固まっていると、結花はパッと俺から顔を離して。

楽しそうに「べーっ」と舌を出して——言ったんだ。

「お返しだもんねーだっ！　遊くんのばーか……えへへっ。大好きっ」

☆あなたと一緒に、ちょっとだけ大人に☆

――ふへっ。

――ふへへへへへっ。


誰かに見られたら、ちょっと変な人に見えちゃうかもだけど……ふへへっ。

嬉《うれ》しすぎるんだから、仕方ないじゃんね？

なんて、私――綿苗結花《わたなえゆうか》は、自分のお部屋でクッションを抱いたまま、ごろんごろんしてました。

昨日の夜のこと……ひょっとして、夢じゃないよね？

でも、遊《ゆう》くんからキスされたときの、あの感触……すっごくリアルに覚えてるもんね。

「遊くんから、キスされちゃったぁ……ふへへぇ。こんなのもう、溶けちゃうよぉぉ」

遊くんのキスの余韻に浸りながら、ドロドロのアイスみたいになってたら――ふいに私のスマホが、ブルブルッて振動しました。

あ、電話だ……しかも相手は、らんむ先輩！

とか。

掘田《ほった》さんも入って三人になった場合、トークのときの進行をどんな風にするのがいいか

してPRできないかとか。

もうすぐバレンタインデーだから、そのあたりで『ゆらゆら★革命 with 油《ゆー》』と

それから私は、らんむ先輩とお仕事の話をしました。

『おはよう、ゆうな――少し、いいかしら？』

「もしもし！　ゆうなです‼」

――――バレンタインデー、かぁ。

『……ゆうな？　今ちょっと、ボーッとしていなかった？』

「えっ⁉　い、いやだなぁ、そんなことないですよー」

『おおかた、バレンタインデーという単語にでも、反応したのでしょう？』

「ふえっ⁉　らんむ先輩ってば、エスパーなんですか⁉」

『……貴方《あなた》が分かりやすすぎるだけよ』

電話口の向こうで、ため息を吐《つ》く音が聞こえる。

あう……ごめんなさい、らんむ先輩。私ってば、単純な子で。

『「弟」さんに手作りチョコをプレゼントするところでも、想像していたのかしら？』

「んーと……それもありますけど。実は……バレンタインデーって、私の誕生日でもあるんですよっ！」

そう。

二月十四日は、バレンタインデーなのと同時に――私が生まれてきた日でも、あるんですっ！

『なるほどね。それなら尚更《なおさら》、楽しみにする気持ちも、分からなくはないわ』

「はいっ！　集中が切れちゃったのは、ごめんなさいですけど……二月十四日は、私にってスペシャルな日なので、つい」

『――貴方はそれで、いいんじゃないかしら。私は、真伽《まとぎ》ケイさんのように、高みにのぼると誓った日から――バレンタインデーも誕生日も、祝うのをやめたわ。だけど、貴方は……そうしたすべてを楽しんで、貴方のやり方で走り続けるのでしょう？』

えっと……そこまで大げさに言われちゃうと、うんって言いづらいですけど。

私はバレンタインデーも誕生日も、他の色んな毎日も、楽しみます。

それで、みんなと一緒に笑顔になれたら――それが一番、素敵なことだと思うから。

『……「弟」さんと素敵な一日を過ごせるよう、願っているわ。それじゃあね、ゆうな』

「あ、はいっ！　連絡ありがとうございました――らんむ先輩!!」

電話を持ったまま、ぺこっとおじぎをしてから。

私は通話を切って、お部屋の椅子に座りました。


二月十四日で私は、十七歳。ちょっとだけ、大人になる。

そんな素敵な一日を、大好きな遊くんと過ごせるなんて……本当に幸せなことだなぁって、しみじみ思っちゃう。


「……お父さんに挨拶したときの遊くん、格好よかったなぁ」

呟《つぶや》きながら、私は——机の上に置いてある、『恋する死神』さんからのファンレターを手に取りました。

私をずっと支えてくれた『恋する死神』さんで。

私をいつも笑顔にしてくれる佐方遊一《さかたゆういち》くんで。

ちょっとだけ、『寂しい子ども』が心の中にいる——遊くん。

そんな全部を引っくるめて——私はあなたのことを、愛してるから。

だから、これからも……一緒に笑っていこうね、遊くんっ！

★それは、野に咲く花のように★

「……『弟』さんと素敵な一日を過ごせるよう、願っているわ。それじゃあね、ゆうな」

そう言って電話を切ると、私はふっと、静まり返った自分の部屋を見渡した。

壁に貼ってある、モデル時代の真伽《まとぎ》ケイのポスター。

机の上に並べてある、かつて私が演劇に興じていた頃の台本。

そんな景色を眺めながら、私は改めて思う。

ああ。私は本当に——紫ノ宮《しのみや》らんむだなって。


——演技をするのは、昔から得意だった。

だからこそ、演技でたくさんの人に夢を与えたいと、願うようになった。

そして真伽ケイの生き様に憧れて……人生のすべてを『芝居』に賭《と》すことを誓った。

声優・紫ノ宮らんむとして。演技も、歌も、パフォーマンスも……すべてを極めて。

頂点にのぼりつめると、誓ったんだ。

けれど同時に……演技は、弱い自分の象徴でもある。

舞台を降りて、自分の本心を晒《さら》すことを、私は今でも恐れている。

だからいつからか——現実も、舞台だと思うようにした。

『笑顔』の仮面をかぶって、ニコニコと周りに愛想《あいそ》を振りまいて……そういう人間の『ふり』をして、生きる道を選んだ。

その結果、大切な人すら傷つけたのだから——我ながら、愚かとしか言いようがない。

けれど。時計の針は、もう戻らない。

『夢』を纏《まと》った、この紫ノ宮らんむの姿で——私は舞台に、咲き乱れる。

そういう生き方しか、私は知らないから。


「……ああ。そろそろ、収録に行かないと」

既に準備は終えているので、私はスマホをカバンに入れると、そのまま部屋を出て階段をおりた。

一階には、私の親が経営している喫茶店。

「おお、来夢《らいむ》ちゃん。どこか出掛けんのかい？」

カウンター席に座っている常連客の一人が、私を見て話し掛けてきた。

だから私は『笑顔』の仮面をかぶって――にこやかに答える。

「そうなんですー。あたしって、これでも忙しいんですよ？」

店から出ると、やたらと強い陽光。

店のそばには、黄色いゼラニウムの花。

――こんなところで、まともに手入れもされていないだろうに、ゼラニウムは勇ましく咲き誇っている。

そんな、野に咲く花のように。

私も強く咲き誇りたいと、心の底からそう思う。

…………ああ。そういえば、ここで彼女と初めて会ったんだったな。
和泉《いずみ》ゆうなではなく――綿苗結花《わたなえゆうか》と。
紫ノ宮らんむではなく――野々花来夢《ののけな》として。
ゆうなのおかげで、『弟』――遊一《ゆういち》が元気に過ごせていることが分かったから、あの日は柄にもなく……嬉しかった。

こんな私だけど、佐方《さかた》遊一という男の子を好きだと思っていた気持ちは、本物だ。

遊一が自分に告白してくれたとき、嬉しいと感じたのも、本当のことだ。

けれど、それでも――私は『芝居』を選んだ。

自分の感情も。自分に好意を向けてくれた彼の気持ちも。すべてを捨てて。

そうして私が傷つけてしまった遊一が、誰かと幸せになれたのであれば……それに越したことはない。

それに――和泉ゆうなにとっても、遊一と出逢《であ》えたことは良《い》い転機だったと、勝手ながら思っている。

事務所で知り合ったばかりの頃のゆうなは、常に『恋する死神』というファンにうつつを抜かしていて、心配で仕方がなかったから。

ファンは確かに、素晴らしい存在だ。

けれど同時に、ファンと結びつきすぎれば――声優にとって命取りにもなりかねない。

だから……ゆうながもしも、『恋する死神』にいつまでも熱を上げていたとしたら。

私はきっと――彼女を許さなかっただろう。

あとがき

【朗報】地味かわ、ＡＳＭＲボイスドラマ化！


皆さま、いつも応援いただきありがとうございます。氷高悠《ひだかゆう》です。

これまでの作家生活で見たことがなかった六巻という数字に、本シリーズが愛されているんだなと実感して、日々感謝するばかりです。

椀田《わんだ》くろさまの描くコミカライズ版『地味かわ』が、一巻発売となりました！　結花《ゆうか》たちが活《い》き活《い》きと動き回る姿が見られる、本当に素敵な漫画です。小説とともに、コミカライズ版『地味かわ』も応援よろしくお願いいたします！

そして、なんと——ＡＳＭＲボイスドラマ版『地味かわ』の発売も決定しました‼

日高里菜《ひだかりな》さまの演じる結花は、元気いっぱいで無邪気で、耳元から声が聞こえてくるだけで元気をもらえます。今回初めてアフレコ現場に参加させていただいたのですが、家結花・学校結花・和泉《いずみ》ゆうなという三面を、見事に演じ分けてくださっていて。

声優さんの演技の凄《すご》さを実感しました——本当にありがとうございます！

伊藤美来《いとうみく》さま演じる結花による、『地味かわ』ＰＶとボイスコミックも、引き続き公開中です。こちらも結花らしい優しさと純粋さに溢《あふ》れた、素敵な作品になっておりますので、ぜひぜひご視聴いただけますと嬉《うれ》しいです‼


ここからは六巻のネタバレを含むので、あとがきから読んでいる方はご注意を。

六巻のテーマは『真実』。遊一《ゆういち》と結花の婚約の真実、そして来夢《らいむ》との過去の真実が明らかになります。マサにとっても、遊一と結花の関係性の真実を知る巻になりましたね。

父母の離婚や中三の事件をきっかけに、三次元女子との恋愛に壁を作ってきた遊一が、自分自身を見つめ直して——結花の父と対峙《たいじ》する。『結婚』がメインテーマの『地味かわ』において、避けては通れない義理の父との対面という一大イベント。そこに向き合う、覚悟を決めた遊一の姿を、温かく見守っていただけると幸いです。

そして六巻では、ついに野々花来夢《ののはならいむ》が初登場となりました。

摑《つか》みどころのない、ふわふわとした彼女に秘められた——最後の真実。そんな来夢も交えて、七巻以降も盛り上がっていく『地味かわ』を、楽しみにお待ちください！

それでは謝辞になります。

たん旦《たん》さま。W和装の家結花と学校結花という、素敵なイラストをありがとうございます。学校結花の表情がなんだかあどけなくて、段々と結花が外でも素が出せるようになったんだなぁと感慨深く思いました。今後ともどうぞ、よろしくお願いいたします！

担当Tさま。今回からサブ担当としてご助力いただいている、Nさま。いつもお力添えいただき、ありがとうございます。さらに『地味かわ』を盛り上げていきましょう！

コミカライズを担当してくださっている椀田くろさま。ASMRボイスドラマでお世話になった日高里菜さま、ならびに『mimicle』の皆さま。コミカライズ版一巻の帯コメントも書いてくださった、伊藤美来さま。『地味かわ』の新たな魅力を引き出してくださっていることに、心より感謝申し上げます‼

本シリーズに関わってくださっている、すべての皆さま。

創作関係で繋《つな》がりのある皆さま。友人、先輩、後輩諸氏。家族。

そして、読者の皆さま。

七巻以降も、遊一と結花の成長を描いていければと思います。次巻でまたお会いできることを、楽しみにしておりますね！

氷高　悠

お便りはこちらまで

〒一〇二-八一七七
ファンタジア文庫編集部気付
氷高悠（様）宛
たん旦（様）宛

富士見ファンタジア文庫

【朗報《ろうほう》】俺《おれ》の許嫁《いいなずけ》になった地味子《じみこ》、
家《いえ》では可愛《かわい》いしかない。6

令和4年10月20日　初版発行
令和4年12月5日　再版発行

著者——氷高《ひだか》 悠《ゆう》

発行者——山下直久
発　行——株式会社KADOKAWA
〒102-8177
東京都千代田区富士見2-13-3
0570-002-301（ナビダイヤル）
印刷所——株式会社KADOKAWA
製本所——株式会社KADOKAWA

ISBN978-4-04-074655-5 C0193 ◆◇◇

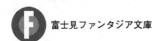

切り拓け！キミだけの王道
ファンタジア大賞
原稿募集中！
賞金
《大賞》300万円
《金賞》50万円
《銀賞》30万円
選考委員
細音啓「キミと僕の最後の戦場、あるいは世界が始まる聖戦」
橘公司「デート・ア・ライブ」
羊太郎「ロクでなし魔術講師と禁忌教典《アカシックレコード》」
ファンタジア文庫編集長
前期締切 8月末日
後期締切 2月末日
公式サイトはこちら！ https://www.fantasiataisho.com/
イラスト／つなこ、猫鍋蒼、三嶋くろね